一杯往事

闫老板 著

暨南大學出版社
JINAN UNIVERSITY PRESS

中国·广州

图书在版编目（CIP）数据

一杯往事/闫老板著. —广州：暨南大学出版社，2013.12
ISBN 978-7-5668-0741-0

Ⅰ.①一…　Ⅱ.①闫…　Ⅲ.①中国文学—当代文学—作品综合集
Ⅳ.①I217.2

中国版本图书馆 CIP 数据核字(2013)第 203247 号

……………………………………………………………………………………

一杯往事
著　　者：闫老板

策划编辑：李　艺
责任编辑：李　艺　钟立勤
责任校对：黄多多

地　　址：中国广州暨南大学
电　　话：总编室（8620）85221601
　　　　　营销部（8620）85225284　85228291　85228292（邮购）
传　　真：（8620）85221583（办公室）　85223774（营销部）
邮　　编：510630
网　　址：http://www.jnupress.com　http://press.jnu.edu.cn
排　　版：弓设计
印　　刷：佛山市浩文彩色印刷有限公司
开　　本：890mm×1240mm　1/32
印　　张：6.75
字　　数：110 千
版　　次：2013 年 12 月第 1 版
印　　次：2013 年 12 月第 1 次
印　　数：1—1500 册
定　　价：25.00 元

序

在一次家庭聚会上初遇闫老板，他送了每家一本刚出版不久的玄幻小说。晚饭期间小朋友们不再追逐吵闹，也放下了手机和 iPad，人手一本书，各找角落，研读起来。长久以来解决不了的孩子们搅乱饭局的问题迎刃而解，我们顿时对闫老板肃然起敬。也是在那个聚会上，我们谈到了闫老板正在写的一部回忆小说，都是同龄人，聊起了很多话题。于是，大家一直期待着这本新书《一杯往事》。

不同于“激情燃烧的岁月”，也不是“致我们终将逝去的青春”，变革的七八十年代，含蓄不再呆板，冲动而不轻狂，追求却不浮躁。《一杯往事》中，几个儿时伙伴，摆脱不了的校园暴力，青春萌动的爱情故事，还有走过那个年代的人熟悉的点点滴滴。书中对往事的描写平平淡淡，却让人回味悠长。我一边读，一边找寻自己的身影，找寻自己儿时的欢闹和眼泪。人到中年，回忆过去好像在喝一杯陈酒，饮尽之后记不清酒的味道，只感到头脑晕晕。正如书中所说，最打动自己的，却是最为平常的生活和经历。

让灰色多了色彩，心中有了感动，珍惜现在，也珍惜曾经的美好。书，应该如此。

任 豪

2013 年 10 月 8 日午夜

自　序

前不久收到来自家乡的一个包裹，父母搬家的时候从我以前的房间里收拾出了一箱子杂物，有几公斤的旧书信、几个日记本和一些老照片，还有一个小时候摘抄歌词和诗歌的本子。我想多年以后也许会为我的孩子做同样的事情，但很可能寄的是一个硬盘，或者发一个网盘的地址。每一代人都有属于自己那个年代的记忆，我们这一代的幸运之处是有一个没有经历饥饿和动荡的童年，而不幸的是由于城市快速发展，儿时的记忆迅速掩埋在高楼大厦之下。生于上个世纪70年代末、80年代初的人，现在已是为人父母、步入而立之年，总有一天孩子会问我们，小时候是怎么度过的？我想到的只有儿时的玩具和游戏，打过架也拿过奖学金，然后离开家乡来到另外一个城市成家立业。或许很多的同龄人会讲述着同样平淡的故事，而能触动的只有自己。那就用我们这一代人熟悉的方式，把正在慢慢淡忘的儿时记忆留在纸上、写进书里，纪念我们一起度过的那个年代和已逝去的青春。

目录

第一章

那些花儿（八戒）

一　堵车

周末的傍晚，我行驶在天河北路上。与多年前憧憬的生活几乎一样，我定居在一个大城市，有份稳定的工作，在万家灯火的路上听着音乐开车回家，家人也许已坐在餐桌前等着一起吃晚饭，然后放下一天工作的疲惫，陪家人度过一个温馨的夜晚。

当然，理想和现实之间总是相差一点细节，比如堵车。

前面可能是挖地铁，或者是出了交通事故，10 分钟，往前挪了 5 次，只走了 3 米。

当初为了省点钱买了这辆手动挡，我对同事和朋友讲，手动挡才有驾驭感。堵车的时候这种驾驭的快感集中体现在左脚踩离合踩到发抖，偶尔高潮的时候小腿肚子会抽筋。

正当郁闷的时候，电话响了。我转转脖子没看到交警和摄像头，接通电话，里面传来了老婆的高音吼叫。

“你这个家伙没点时间概念，妈妈辛苦做好的饭菜都快凉了，儿子饿得一直在闹。你在哪啊，什么时候回来?”

我清清嗓子，说：“你们先吃吧，别等我了，正在单位加班呢，今晚要把申报书做好，明早就要上交……”

“你怎么满嘴跑火车啊，”老婆真的生气了，“《十年》唱完接着是《黄昏》，明明是在车上，为什么扯谎说在单位?”

“哎呀老婆，堵车了，一点都走不动，准备靠边停车在路边随便吃点，挤出点时间，回家还要加班。我说申报书的事情是真的……”

没等我说完，那头把电话挂了。

车上的音响出卖了我，这张光碟是刚买车时自己刻的。这几年来一直没换过，不是我怀旧，而是焦头烂额的生活早就捏碎了我的那点高雅。

经常嘲讽着父辈们的中庸和迂腐，却悄然不知自己也已步入被嘲讽的年龄。刚买的笔记本，卸掉 Windows 7 又装上了 XP，办公软件却还是用着 2003 外加个兼容补丁。我们这代人，爱与不爱的问题早已远去，曾经惊世骇俗的远大理想不知不觉地已变成短期计划，埋头在一个接一个永远忙不完的工作中；我们这代人，从来不研究两年以上的计划，嘲笑那些都是空谈，却常常讨论退休以后的生活何去何从。

所以，我这个年代的人是不会在这种情况下把自己关在车里浪费时间的。我于是靠边停车，顺便吃饭。

二　一个电话

正当我慢慢挤到靠边的车道，准备找个位子停车，电话又响了，我烦躁地拿起来看了一眼，来电显示是“杆儿”。

这哥们是我儿时的伙伴，最近一次的电话是在三年前，现在这种场合显得狼狈，所以当时没有接电话。

靠边停车以后，手里捏着电话，看到一家西餐厅，黑色门面，门头上写着几个拼不出词儿的英文字母。我径直走了进去，环境不错，除了几个服务员之外没什么顾客，找了个靠窗的桌子坐下，准备把电话拨回去。

一个服务员走过来，说了句“欢迎光临”，递上一本菜单。我翻了一下才知道这里不是吃饭的地方，把菜单还回去。“随便来点什么吧。”我说。

“我们这里鲜榨的橙汁很不错，要不要试试?”服务员说道。

“好，一杯橙汁。”我说。

其实我就是想找个安静的地方先回个电话。

电话通了，那边传来个慢腾腾的声音：“我还以为你换号码了呢，还得给你多弄个‘杯’。”

“什么杯？怎么想起我了。”

杆儿：“说正事，五一放假回来吧，哥儿几个聚一下，哨儿到时候也从上海回来。”

“啥好事，你又要娶媳妇啊?”

杆儿：“新开了个酒楼，准备五一开张，顺便叫大家一起喝一杯……”

“哎，这就对了，这把年纪该弄点正事了。”我说，“以前的场子早就该关了。”

杆儿说：“场子没关，酒楼倒是个幌子，以前那个地方拆迁了。”

“擦，跟你这种人没共同语言。五一不回去，想喝酒你过来。”

“嘿嘿，再给你说个事，”杆儿叹了口气，说道，

“今年春节在市边上买了片荒地，一时没想好搞啥，闲着也是闲着，给他们几个在那立了碑，我没事的时候过去烧张纸钱什么的，也算个念想。”

“你小子还是个伤感的种，那片荒地在哪啊？”我问道。

“嘿，就知道你得问。铁道西边，不远。把老大摆中间了，旁边还留着我和……”

“你给老大立碑了！什么时候的事？”我激动地打断了杆儿。

“都说是今年春节……哦，哦，你问老大，跟以前一样，一直没他消息，先当他死了吧。”杆儿仍旧慢腾腾地说。

“先生，您的橙汁。”一句甜美的女声。

“好的，多谢！”我捂住电话点点头，继续说道，“我说兄弟，你这种做法很不科学。要是哪天老大回来了，一定会砍你的。”

我突然明白过来刚接通电话的时候杆儿说的“杯”是什么玩意了。

“不会吧，他要是活着回来，那是个大惊喜，高兴还来不及嘞。不跟你废话了，买票后告诉我，到时候去接你。”杆儿说完把电话挂了。

放下电话，我呆呆地望着面前的这杯橙汁，时光又回到了过去。

三　三十年前

三十年前，北方的一个小城市，那年我六岁。

爸爸把一杯橙汁放到我面前，说道："慢点喝。"

我高兴地又闻又舔，这种橙汁当时叫橘子汁，只有生病的时候外公才偶尔给买一瓶。外婆说这东西太凉，妈妈说太甜，结论是要像以往一样，加 5 倍的开水冲淡以后再喝。爸爸和外公坚持这东西就是应该直接喝，快过年了，可以给我喝一杯。

我对桌上丰盛的饭菜早就没兴趣了，一直盯着这杯橘子汁。

家里五口人像这样凑齐吃饭的机会并不多。

我出生那年，大家正在讨论着"实践是检验真理的唯一标准"。爸爸因工作需要长期出差，我和妈妈就一直住在外婆家。出生的医院、幼儿园和刚刚上了一个学期的小学，都在600米半径内，这个圈圈就是我所知世界的全部。

今年过年前爸爸回来了，在单位内调动了岗位，以后不再常年外出，所以向外公外婆提出接我和妈妈回自己的家过年。房子已经拿到手，基本的家具也都备齐，我们就等着搬过去了。

外公很开心，说一家团圆总之是一件好事，并准备了一顿丰盛的晚饭。外婆舍不得我离开她，不停地唠叨。她说我还小，火车站那边治安不好，外地人多，环境复杂。这也是我对那个新家的最初印象。外公坚持孩子还是跟着父母为好，但中午放学仍旧来外婆家吃午饭，晚上再回火车站的家。

关于那顿饭上他们所讨论的内容我没有太多记忆，只记得那杯橘子汁的味道很好。

吃完饭已经很晚了，外公喝了一些酒，略带醉意。他从大衣柜的底层翻出一个红本本，交给爸爸。外公说爸爸刚回来没有一辆自行车是不行的，就把他自己的单车送给了爸爸，那个红本就是自行车证。那个年代自行车是一件贵重的家产，每辆车都有身份证，还有唯一的编号。爸爸很感激，向外公外婆道别后，骑着那辆相当于今天奥迪 A6 的永久牌 28 自行车，带着我和妈妈出发了。

妈妈抱着几床被子坐在后面，我坐在单车前面的大梁上，车把上还挂着两个暖水瓶。当年搬个家就是这么简单。记得那晚很冷，路灯昏黄，路上几乎没有行人，也没有车。

一家三口很开心。爸爸踩着单车，哼着《我的中国心》，那是一个星期前刚从电视上学来的。路上我不停地问新家什么样子，爸爸总是说很好很好。那是爸爸单位分的房子，当时叫家属院，在这个城市的西边，离火车站很近，后来火车站成了家的代名词。

漫长的路上，我好奇地一路打量两旁陌生的建筑，逐渐地灯光多了起来，我还是第一次看到霓虹灯，其实那是火车站附近的一家旅馆招牌，用黄色灯泡做边框，红色灯泡排成字。

我感觉就像来到了大城市。

终于到家了，爸爸停下自行车，把我抱下来，我却走不动一步，一条腿完全没有了知觉，一会儿变得很麻，然后像针扎一样地疼，爸爸帮我揉着腿，说单车坐久了都这样，一会儿就好。

新家是两间平房，有一个小院子，没有生炉火，进屋后会感觉很冷。记得当时的床是用几条长板凳撑起一个床板，还有一个衣柜。这就是我的家，多年以后我很怀念的地方。

那晚第一次在陌生的地方睡觉，我几乎失眠。

我的城市在那个寒冷的冬天里沉寂着，外面的世界却已经开始躁动。

后来才知道，那年，联想、海尔、健力宝等品牌注册了，远在大洋彼岸的美国，戴尔、思科这些公司也成立了。也是那年冬天，央视的春节联欢晚会首播。我们之后养成了个传统的过年习惯，就是大年三十晚上一家人坐在电视机前看春晚。

四　城市的西边

第二天，爸妈都请了一天的假，又是打扫又是收拾，忙活了整整一天。

我刚放寒假，也陪着他们帮帮手。

记得那年爸妈第一次叫我管家里的账本，过了一个春节，我们一共花了 130 块钱，相当于当时爸妈一个半月的工资。

一天傍晚，有个阿姨来敲门，还带着一个和我差不多大的孩子。经妈妈介绍我才知道，他们住在隔壁，也是刚搬来不久。这位阿姨还是妈妈的同事，所以邻居关系更近一步。她听说我们已经搬过来了，就带她孩子和我认识一下，以后一起玩，后来我们叫他哨儿。

我第一次见到哨儿的时候，看不出他是男孩还是女孩。他穿着红色的羽绒服，带着一个毛线帽子，头发盖到眼睛上。后来他和我一起站在墙根撒尿的时候，我才知道这是个哥们。

哨儿家的房子是他外公退休后留下的，当时单位的房子都可以继承。哨儿家里的条件比我好很多，他有个姑姑在香港，他老爸是当时第一批下海做生意的。所以，我的玩具都是由哨儿提供。白天大人们都上班去了，我和哨儿就在我家的院子里玩，但他家里我一直没去过。关于这一点妈妈很不满，说有钱人爱干净，怕我们搞脏了地板。我觉得没什么，有人陪我玩，还能提供玩具，玩游戏的时候还总是听我的，我已经很满足了。

一周之后，我和哨儿在小院里听到了家属院里面传来了一群孩子的声音，很热闹，原来这个家属院不只有我们两个小朋友。后来才知道这边的小学放寒假比我和哨儿的学校晚了一个星期，我和哨儿也不是一个学校的。我们终于忍不住想要出去看个究竟，他推着我先出去看看。记得当时很紧张，打开院门藏在门口往家属院里面看，在大院最里面有片空地，五六个孩子在那边玩，声音很大，看得出来他们玩得很开心。

我问哨儿要不要过去一起玩，哨儿说不敢，怕他们人多欺负我们。就这样我们两个又悄悄地观察了半个小时。

最终，哨儿还是答应跟着我一起过去找他们玩。

我和哨儿来到了这群孩子占据的空地边上，哨儿双手握着我的一只胳膊，躲在我身后。那群小子根本不关注我和哨儿的存在，继续他们的游戏，有个年纪大一点的孩子站在公共水龙头的台子上，很有“领袖风度”地在给下面的孩子们训话，还不时地提问，下面回答踊跃。

“能不能带我们一起玩？”我终于鼓足勇气开口了。

那群孩子停止了游戏，把目光都集中在我和哨儿身上。领头的那个跳下台子，向我们走了过来，其他的小孩也跟着围了上来。

“这里我说了算，你们是哪来的？”那个大孩子开口问我们。

这就是老大对我说的第一句话，这么久过去了，我还记得很清楚。

老大是我心目中的完美领袖，他的成长可以写成一本教科书，书名应该叫做《老大是怎样炼成的》。老大身后有个瘦高的白白的孩子，他就是杆儿，探着脖子，一脸猥琐的笑。旁边有个矮墩墩的黑小子，长得很结实，叫刀把，因为他的胳膊短而粗硬，像菜刀的把手一样。刀把还有张朴实的笑脸。还有一个不停抖着腿的家伙，小动作一直不断，撇着嘴，斜着眼，像是在挑衅，这个就是壮壮。站在最外边的是小飞，眼睛眯眯的，没有一点表情。

之后，我和这群人一起成长，度过了快乐的童年时光，后来却各自走上了不同的人生道路。

五 老大是怎样炼成的（上）

老大像查户口一样对我和哨儿问话，最后宣布，大家都是一个院子的邻居，以后就是好朋友了。在场的孩子们欢呼。

“老大修成”之建立更广泛的统一战线。

老大又对我和哨儿说：“我们想玩打仗，你们家里有没有玩具枪，拿出来和大家一起玩。”哨儿睁大眼睛看着我，然后拉上我一口气跑到他家门口，用挂在脖子上的钥匙打开门，脱鞋后带我进去。这是我第一次进哨儿的家，豪华的装修，客厅地面铺的是地板革，卧室里有地毯、漂亮的家具、大大的电视机，还有吊灯。哨儿带我进了卧室，他爬到床下，推出两个大箱子，里面全是玩具。我们把玩具枪拣出来，各式各样的有十几把。我们抱着玩具枪，气喘吁吁地再次回到伙伴中间，将玩具枪一件一件地摆出来，在场所有人都露出惊讶的神色。

老大反复看了几遍，挑了一把金色的冲锋枪。这玩意一扣扳机就会发出“嗒嗒嗒”的声音，枪口还有亮光。接着老大叫我第二个选枪，我当时受宠若惊，还以为老大弄错了玩具的主人。然后是哨儿选，其他人最后一起挑，不再排序。这个选玩具的排序在未来几年里一直沿用下来，奠定了我在团队中排行第二的位置。

“老大修成”之慧眼识珠，以后我在团队里经常替老大主持工作，得到大家的信任和支持。

打仗是那些年玩得最开心的游戏，老大制定了详细的规则，比如先开枪者有效，枪不能发声的以嘴发音为准，藏在掩体后可以不受攻击，按露出的身体部位和面积判断受伤程度，不同受伤程度具有不同的约束活动权限，还有牺牲后必须趴在地上等游戏结束等等。老大可以带着我们分成两队对战，也可以群体追杀一个人，偶尔为了增进团结，还一起攻打一个虚拟的假想敌。多年以后我读研究生时，与实验室的师兄弟联网打 CS，都没有找回当年跟着老大玩打仗的快感。

“老大修成”之拥有惊世骇俗的想象力。

后来，老大偶尔跟家人外出的时候，把团队交给我带领，我也学着老大的样子玩打仗，但玩过两次以后就放弃了。同样的游戏规则，但游戏过程中争议不断，最后都以不欢而散而结束。我才知道这场游戏的关键不是游戏规则，而是组织者的威信，只有老大才能带领大家从这个游戏中获得快乐。

“老大修成”之权威加公平。

作为团队二把手，我还是有自己的办法凝聚团队。我最擅长组织的团队游戏是体能训练，让团队成员自由结对，然后进行摔跤比赛，没轮到上场的在一旁观摩。这个活动得到了老大的肯定，并作为保留项目延续下来。我选的固定搭档是刀把，因为团队里我们两个摔跤最厉害，也是棋逢对手，他年龄小我半岁，矮我半头，对抗时我稍占上风，最关键的原因是刀把性格好，不像其他人，被摔疼了有的哭鼻子、有的会发疯，而刀把永远保持着一张朴实憨厚的笑脸。多年以后，这张招牌似的笑脸成了这个城市的噩梦。

老大大我两岁，当时的个头却不比我高多少。开始，老大不参加结对摔跤，他都是作为教练员身份出现的。后来老大看着我们摔跤心里痒痒的，偶尔也会用我的搭档做陪练，但老大从来不找我摔跤。从老大和刀把的对抗中可以看出，老大没有太多优势。后来包括我在内的很多小伙伴开始产生一个疑问：老大和我比，哪个摔跤更厉害。

不久之后老大回答了这个问题。在一次摔跤对抗中，老大点名我做陪练，当时我很激动。我刚刚抓住老大的领子，肚子上就被老大的脚板抵住，还没等我弄清楚这摔跤哪有把脚抬这么高的，我已经从老大头顶上翻过，重重地摔在地上。被摔得头晕眼花的我还没从地上爬起来，老大已经开始向大家做华丽的谢幕，伙伴们发出疯狂的叫好声。从此，摔跤第一之争就此平息。

后来才知道，老大为了和我的这场比赛，准备了很久。他还专门买了一本二手书，叫《美国特种兵一招制敌》，之后成了我们的训练教材。

“老大修成”之有的放矢且志在必得以树立威信。

在老大的带领下，我们走出了自己的家属院，活动范围不断扩大。虽然家长一再警告我们不要出大院去玩，但对我们来说，外面的世界充满了不可抵制的诱惑。

当然，跟着老大我们很自信。

那年，大人们最喜欢看的电视剧是周润发演的《上海滩》；我和同学开始为老师们过第一个教师节，多年以后我的学生继续为我庆祝这个节日；崔健的《一无所有》开唱，几年后我买的第一个卡式磁带里的第一首歌就是这首，现在 K 歌时每次必点；第一家肯德基快餐厅在遥远的首都开业了，十年后才来到我的城市。

六　老大是怎样炼成的（中）

80年代的北方小城市，由于坐落在一条南北铁路干线上，火车站周边成了这个城市最繁华和活跃的地区。我们家属院离火车站200米左右，门口是一条南北方向的马路，靠近车站的路两边摆满了小商小贩。车站对面左右各500米处有两个丁字路口，一条路走下去是当时最为繁华的商业区，另一条路走下去是娱乐区，那里有这个城市最古老的电影院，还有很多卖小吃的小贩。

平时火车站附近人群熙攘，过客匆匆。

车站路边的水果摊贩，有的延伸到我们家属院门口，老大经常带领我们去恶作剧，目的是搞点免费水果吃，但这种丐帮的行为很快就结束了。

一次我们找一个摊贩讨要水果。那个小贩对老大说，只要不停地去骚扰马路对面的一家水果摊，叫他换个位置，我们会得到一整个西瓜。

老大召集我们回家属院开会讨论这个事情。我的看法是水果摊贩同行竞争，我们不能做被利用的工具。老大赞同，结论是谁不给我们水果吃，谁就得走人。

这就是我们团队第一次对大院之外世界提出的权利要求。

享受免费水果的时间不长，老大在看过一篇报道之后，就停止了我们的收水果活动。他说这些摊贩可能把葡萄用老鼠药泡过，过路人买的时候就说给别人留的，我们去拿的时候却看不出危险，我们都拥护老大的看法。

“老大修成”之做老大一定要谨慎。

但免费的葡萄还是有的，只是长在别人的院子里。

那个年代都是平房，大多都有个独立的小院子，很多院子里种上了葡萄树。这种神奇的植物不但可以结出好吃的果实，还可以遮住整个院子方便大家乘凉。那时，我们的活动范围已经扩大到房顶世界。房顶是家长们极力反对去爬的，告诫我们只有小偷才经常爬房顶，其实是担心我们会摔下来。但在那个年纪，不刺激的事情就不去做，房顶当然成了我们的自由之路。有点正面意义的是，自从我们统治房顶世界之后，家属院就再也没有发生过入室盗窃。

然后，那年的葡萄成熟了。

我们大院的葡萄喜获丰收，而周边那些与我们房顶接壤家属院的葡萄却歉收了。但老大很有远见，规定不能在同一家摘三次以上，也不能在房顶边上摘得太多，这样会暴露我们的行动路线。

“老大修成”之兔子不吃窝边草且不能涸泽而渔。

老大的策略永远是正确的，但遇到个技术问题，我们的手不够长。

老大派我牵头搞技术攻关，我们很快研究出了带拉绳的长柄剪刀。这剪刀下面还有个接水果的布袋子，因为塑料袋会发出声音。前不久参加单位里科研团队果园机械方向的课题，其中一个带收回功能的高枝剪，其原理和外形几乎和当年我们偷葡萄的工具一模一样。唏嘘，在这个领域上的研究，老大的团队领先了这个行业 20 多年，更不可思议的是老大的团队成员当时平均年龄还不到 10 岁。

七　老大是怎样炼成的（下）

在房顶上玩，最大的自由就是没有家长的监督和干扰，我们甚至在哨儿家的房顶上修筑了挡风遮雨的窝棚。

站在房顶上看得更远，我们看到了火车。

那个年代的火车都是烧煤的，冒着烟，随着一声长鸣喷出一股白气。

老大带着我们走向铁路，那里成了我们的新天地。

我第一次踩上铁轨，有种说不出的感觉，沿着铁轨远离家乡的欲望油然而生。

我问："老大，这条铁轨通哪啊？"

老大说："那边一直到北京，南边一直到广州。"

"老大，哪个更远？"我继续问。

“应该是广州吧，”老大说，“从地图上看，广东省是最边上的了。”其实，从那年开始，广东就不再是边上的了，海南省那年正式成立。

从此，我经常望着铁轨发呆，试图看到它的尽头。

但好玩的事情更多，比如我们在铁轨上放一枚铁钉，等火车压过去以后，就会变成一把扁扁的小宝剑。铁道旁有很多石子，我们还经常比赛投掷，杆儿就是在这期间发现了自己的天赋。这小子手臂很长，投石头比老大还远，关键是投得很准，这个技能后来为团队作出了巨大贡献。铁道两边种满了庄稼和蔬菜，我们回家的时候通常不会空手而归，当然也经常被农民伯伯举着锄头追赶。壮壮跑得最快，后来经常被派到危险的第一线。

有一次我们发现一片种着白萝卜的地块，那时才知道这种植物的根茎大多是露在地面以上的。老大露出贪婪的神色，带着我们悄悄走过去，但没有注意脚下。聪明的农民伯伯在这片萝卜地边上修筑了一个化粪池，我们缺少经验没有看出来，结果老大陷进去了。当时的场景让我们第一时间想起了传说中吃人的沼泽地，他们几个吓呆了。我反应快，一把拉住老大的一只手，结果我的一只腿也陷进去了。在我的指挥下，他们几个拔河一样地把我和老大拉了出来，那种恶臭一个星期都没有散去。

后来老大表扬了我的机警和勇敢，我当时说了句比我年龄成熟很多的话：“换了老大，你也会这样去救我的。”

在铁路边上玩得久了，我们逐渐熟悉了火车的性能。那些年《铁道游击队》是部家喻户晓的电影。老大坚信爬火车是可行的，因为只有通过扒火车才能到达一个我们想去的地方，那个被铁路穿过的苹果园。

靠近车站这个方向，苹果园修了一道篱笆，给铁路留了个口，但有条大狼狗被拴在这个口旁边。老大的计划是等出站的火车经过时爬上去，这个时候火车的速度不快。然后在果园中间跳下，我们摘完苹果后再爬上进站的火车回去，火车进站时也会提前减速。

为了实施这个计划，我们在车站附近训练了多次。期间还有个热心的检修工给我们做过一次技术指导，告诉我们爬火车什么地方比较容易和安全。

结果，在最后一次实战演习中出事了，壮壮跳车后摔倒，左小臂骨折。

记得那天我们回家后整个家属院都紧张起来，所有家长把自己孩子关在家里，不是打就是骂。

傍晚，壮壮从医院回来。大院里又响起了壮壮爸妈的争吵声，好像是他老妈要去找老大的父母理论，而壮壮爸反对。最后壮壮妈还是去找了老大家长，至于什么结果就不知道了，我当时在自己家的小院里罚站。

晚饭后，听到老大妈妈又在大声地骂老大。我溜了出去看老大，他已经被推到大院里，不让回家。

老大站在往日给我们训话的台子下面，猛烈地抽泣着，浑身发抖，但没有哭出一声。

这是我第一次见到老大哭鼻子，也只有这一次。

我慢慢地走过去，不知道如何安慰老大，就坐在旁边陪着他。过了很久，老大停止了抽泣，一言不发地站着。这时刀把和小飞也出来了，和我一起陪着老大。又过了个把小时，他们被家长叫回去睡觉，我是最后一个回去的。回家前，我劝老大也回家睡觉，老大说他妈妈正在气头上，是不会给他回家的。

后来我给老大拿了点吃的，那晚他睡在房顶的窝棚里。

之后的一段时间里，家长不许我们出家门，更不许我们集合。但过了不多久，我们又凑在一块了，老大还是老大，拥有独一无二的向心力。

壮壮手臂上的石膏还没拆，就归队了。

杆儿带着点讥讽的口气，叫壮壮回家休息，省得老妈又去老大家找麻烦。而老大的人格魅力再次闪光，欢迎壮壮归队，并检讨自己没有把兄弟们照顾好，保证以后要安全第一。

“老大修成”之责任和担当。

在老大的带领下，我们团队非常团结，偶尔内部有一些小摩擦，老大都能及时摆平，而且处事公道。

老大喜欢把我们分类，比如老家是一个县的有几个、在同一所小学的有几个、爱吃辣椒的有几个、会游泳的有几个等这样的小圈子，但所有圈子的交集只有一个人，那就是老大他自己。

老大的艺术还不止如此，他注重发掘团队成员的特长，而且加封各种第一，比如壮壮速度第一，刀把臂力第一，杆儿暗器第一，小飞铁腿第一，哨儿视力第一，我是谋略第一，老大自己当然是全能无敌综合第一。

开始我还觉得这种头衔纯属忽悠，特别是我的谋略第一更是扯淡。后来经过老大不断地灌输、洗脑，我们竟然开始不自觉地主动去强化集体赋予的这种荣誉。

壮壮后来所读中学的校运会百米纪录被他保持多年，刀把后来留名江湖的就是第一快刀手，杆儿的飞砖成了他的签名，小飞没事的时候就蹲马步，哨儿以后经常担任放哨把风的角色。看来老大封赐的头衔不是乱来的，因为哨儿的家里条件好，胆子还小，干不了命贱的活。

至于我，后来做了团队的军师，自己买了《孙子兵法》和《三十六计》，倒背如流，高考的时候语文卷子加两分。

今天，我常常教育我的学生要有集体荣誉感，一个人可以从集体中摄取巨大的动力。这种动力是长期的、能量巨大的，是个人理想和追求所产生的那点动力无法比及的。其实这都是老大教给我的。

那年美苏冷战结束了，而我们的战争才刚刚开始。

八　第一次对外作战

当一切条件都成熟以后，我们团队的对外战争开始了，这也是男孩子成长的必然过程。

起因是壮壮去买观赏鱼的饲料，他老爸喜欢养鱼。花鸟虫鱼市场位于北边第二个丁字路口拐弯一直走下去，壮壮在回来的路上被一群本地孩子截住了。当年每一条街都具备了团队生存的基本条件，也进化出了像我们一样的团队。当看到一个陌生的同龄人，男孩子的进攻性暴露出来。结果言语不和，壮壮和他们发生了冲突，壮壮的鱼虫被打烂在地，挨了一顿拳脚之后逃了回来，这速度第一很实用。

老大得知情况后马上召集团队开会，大家愤怒至极，决定报复。

我们用了几天的时间暗中观察对方的人数、带头人的相貌特征和活动特点。

机会终于来了，那天小飞和刀把在路口值班，看到对方两个成员走过来。刀把跑回来报信，小飞继续跟踪。原来他们是来马路对面靠近我们家属院的包子铺买羊肉笼包，那个铺子的包子味道很好，我到现在都很怀念。老大派刀把、杆儿和哨儿先围住那两个小子，然后故意放走一个，让他回去报信。我们几个和后面跟踪的小飞一起，回到那个路口藏起来，观察对方过来多少人，再做决定。结果可能是对方仓促，或者是轻敌，他们只跑过来 4 个，其中就有对方团队带头人。

老大冷静地带着我们在对方援兵后面跟着，一到包子铺门口，双方就开战了。

我方完胜，对方求饶。

这就是我们团队第一次对外作战，准备充分，计划完美。大家表现出色，老大更是领导有方，最后以胜利结束。庆功总结会上，老大再次根据我们各自的独门技能把大家逐个夸奖一番，特别是我的表现。因为我将对方一个实力最强的成员第一时间摔倒，把对方压在地上直到战争结束，没有让他发挥作用，否则战局结果难料。

而事实上，我当时非常紧张，充满恐惧，甚至不敢出手。但我又怕在团队面前丢面子，就硬着头皮扑住一个对手，发挥我擅长的摔跤特长。当摔倒对方以后，我死死地抓住对方双手，不让他出手，也不让他起身，只盼望这场血腥的战争快快结束。

我想老大应该明了我的内心世界，这是一个校级三好学生的正常反应和超常表现。

总之，老大特意维护了我在团队中的形象和威信。

从此之后，我们平时训练的科目从徒手摔跤对抗，进化到棍棒对打。

冷兵器时代拉开序幕。

后来老大不知道从哪搞来一把短刀。与平时常见的水果刀不同，那是把真正的刀，厚厚的刀背，锋利的刀锋，深深的血槽，暗暗的寒光露着杀气。

老大让我们轮流拿一下刀体会体会。我第一个接过老大的刀，沉甸甸地握在手中，第一次体会到那种神秘的感觉，不会忘记。一个渴望变得强大的孩子，当握住这把武器的时候，信心迅速膨胀，觉得自己势不可挡，可以战胜一切。

刀轮到了刀把手中，我第一次看到这小子收起笑容的脸，但没看出他的内心世界。

老大很有分寸，我们轮流观赏过这把“神器”之后，他把刀入鞘，宣布这是我们团队的神圣之物，只能在大战之前用来鼓舞士气，不得用于实战。

幸好老大没有向迷信的方向再走一步，否则，一个“拜刀教”就呼之欲出了。

另外一件具有划时代意义的事情，就是团队的领地意识开始萌芽。

第一次对外战争以后，我们北方边界就定在那个包子铺前面不远的路口，对方若踏进半步，必将遭到我们的武力驱逐。而我们也从不进入他们的那条街，那里成了他们的自然领地。

这也许是动物的本性，特别是雄性动物，央视的《动物世界》里说了很多道理，我觉得都对。

由于火车站周边没有其他更接近的居民区，老大宣布整个火车站属于我们的领地。

从此，老大怀着那颗统治火车站前整条街的野心，率领团队开始了扩张。

九　老大的野心

由于火车站南边的长途汽车站扩建施工，长途汽车临时在火车站前面这条路两旁停放。记得当年有位穿着制服的调度员，他骑着单车来回穿梭，指挥这些大客车的排序和发车。

有的汽车司机公德心不够，用车把我们家属院的大门堵了，给我们出行添了不少麻烦。

有一次我们一个邻居正巧遇到一辆大客车刚刚停下，司机还没有来得及走开。邻居叫那车移开一点距离，司机以怕别的车插队为由拒绝了，结果发生了激烈的争吵，差点发生大人们的战争。

老大没有错过这次机会，把我们召集起来开了动员会，会议决定报复这辆大客车。

老大总会为邪恶找到一个正义的理由。

当时我已被老大加封为团队军师，负责这次行动的谋划。我明白老大这是给我机会，其实他做坏事的想象力超出我何止十倍。

当年这种长途车的行李架都在车顶，后面有个梯子供爬上爬下用。车窗可以横拉打开，虽然车里面有挂钩可以锁车窗，但这种易损的挂钩没有几个是完好的。

我的方案是派个身手好的先爬上车顶，用脚把没有挂钩的车窗拨开，然后爬进去，从里面打开车的折叠门，让大家进入。当时客车上都有一个加装上去的扩音器，独立电源开关，是发车前招引乘客用的。客车平时排队的时候不许用这个呼叫，否则穿制服的会将扩音器收走，并记录车牌给予处罚。剩下的事情就简单了，当司机离开客车去休息或吃饭的时候，我们就用这个扩音器大喊马上发车，之后的事情就交给穿制服的处理。

这招太狠了！搞了两次以后，司机向我们求饶，并给了老大 5 角钱，请求我们照看他的客车。当时 5 角钱可以买 10 个笼包，我们欢天喜地，但老大一言不发，深沉地望着面前的这条街。

我相信，这5角钱就像一把钥匙，老大内心的欲望之门，从那一刻起被打开了。

老大对我们领地这条街两边停靠的大客车开始征收管理费，每辆车1角钱，价格很公道。当时电影院门口看管自行车一辆是2分钱，摩托车5分。这长途车一辆1角钱不算贵，当然没有发票。

第一次去收费时，只有两辆车交钱。

后来，老大用他的特有方式说服了几乎所有的车都交钱，当然偶尔也会有个别风骨硬朗的司机不交钱。但老大坚持原则，毫不妥协。老大的理由是：如有例外，就是对其他司机不公平。

如果这也算按劳分配所得，那我们的劳动主要是捍卫领地的战争，不许其他街上的团队来我们这里恶作剧，保护领地内的财产。征收管理费的范围后来还扩大到路边的水果摊和卖小吃的摊贩。

这条街就是我们的世界，伙伴们走在路上开心地大笑、打闹，无所顾忌。我们怀着在自己领地上的心理优势，觉得自己就是这条街的主人。尽管这一切都是错觉，但当时的感受是如此的真切。

十　家庭教育

团队成长到这个阶段，来自家庭的压力开始凸显。

哨儿的妈妈不止一次找我父母说老大的事情，建议不要再让我和哨儿跟他们一起玩，肯定会被带坏。看来哨儿已经把团队的情况向父母透露了一些，而我坚持老大的指示，不向家里透露半句。父母也警告过我，但由于我学习成绩还好，平时在家也很乖。他们不太相信我会变成坏小孩，所以没有过多的担忧。而哨儿的父母属于改革开放先富起来的那一部分人，眼光深远，在他们的压力下哨儿越来越少参加团队活动。

老大妈妈没有固定工作，经常在外面打个杂补贴家庭。他爸爸经常出差，没时间也没什么方法管教孩子。就拿那晚老大在房顶睡一夜不回家来说，至少我的父母是做不到的。

刀把的爸爸是市公交车队的下岗职工，自己开了个修车铺。当时私家车没有现在这么多，只有跑长途的个体户偶尔会光顾一下。他爸生意一直不好，心情更是不好，经常拿刀把出气。更多的时候他是给刀把一块钱，叫刀把不要回家，看着心烦。其实刀把还有个大他 6 岁的哥哥，也是家庭教育失败的产物，1983 年“严打”时跑掉了，从此再也没有回过家。刀把爸爸警告刀把不许在外面说还有个哥哥，以后家里就当没这个人。遗憾的是，刀把爸爸不但没有因此加强对刀把的教育，反而抱着绝望的态度。

我们的父母大多都是从农村走进城市的第一代人，对于他们来说，教育孩子绝对是个高技术含量的活儿。

说到 1983 年“严打”，那是一场改变社会进化基因的运动。很多具有争议的故事流传至今，直到现在大家还在热议着。如果没有经历那个年代，就不太好评论它的逻辑，或不合逻辑。

总之，树木被砍伐，阳光照射在湿润而肥沃的土地上，大片的杂草疯狂地生长，自由而无序。每一条街都是一个世界，都有一个类似的团队，都有一个老大，表演着荒唐又疯狂的故事。

我还有另外一个世界，那就是我外婆家附近的母校。它在遥远的东边老城区，与我的领地相隔数不清的街道，按当时的理解就是这个世上最远的距离。

十一　城市的东边

在学校里，我一直都是个好学生，班上的“二道杠”，年年评三好学生，成绩排名靠前，老师也喜欢我。和很多孩子一样，我在学校良好的环境里健康地成长。

但这都是假象，经历过那段日子的人都会清楚地记得，最伤心的事情不是考试垫底，而是被高年级的学生欺负。

当时，那些爱欺负人的被称作混混。

每个班都有混混，每个年级都有更高级别的混混。由于当时正处在身体快速生长期，年龄和年级的差距是一道不可逾越的鸿沟，即使低年级的混混，也极少去挑战高年级戴眼镜的学生。

所以，六年级是这所小学食物链的顶端。

读了六年小学，其中前五年我一直做着一个梦，就是快点轮到我上六年级。不是为了去欺负低年级的学生，而是不再被别人欺负。

如果还有另外一个梦，那就是妈妈生我之前已经生了一群强壮的哥哥。我想这也是那个年代很多男孩子的幻想，由于计划生育在城市里实施得比较早，我的同学里一半以上都是独生子。

那些年，我和同学有时走在路上被打、有时去厕所被打、有时上体育课被打，有时上学被打、放学被打。这几乎每个星期都在发生，但最伤心的还是零花钱被勒索。

那些年，学会在身上藏钱而不被搜出，是每个男生必备的生存知识，袜子里、鞋垫下、帽子里、短裤里、领子上、袖子里，只要不是在口袋里。

学校门口对面有个常年摆地摊的，卖一些小吃和玩具。一米见方的帆布一展，摆满了当时热卖的东西，1 分钱买 10 个糖豆，2 分钱买一坨糖稀，还有酸梅粉、炒面糖什么的。好玩的更多，玻璃球、画片、皮筋枪等等，但没有超过 2 角钱的奢侈品，这就是最早的地摊超市。

这个摊子对我们小学生来讲，充满了无法抗拒的诱惑。每天下午上学前向外公要几分钱，就是为了放学的时候在这里疯狂购物。但这个摊子也成了高年级混混们的狩猎场，当你从内裤里费力地掏出一个硬币时，很可能身后就围上来一群贪婪的混混。

可能由于在领地内具有心理优势的原因，自己班的教室才是最安全的港湾，混混们一般不会进入别的班级教室内去捣乱。

而我的悲剧在于，自己班上出了个品行低下的混混。

品行高尚的混混不但不欺负自己班上的同学，还时常给予保护。而我班上的这个小子对外不战，而对内从来没有战败过。这小子是在三年级开始崛起的，身体迅速升级到一米八的身高、200斤的体重，自称霸头。

霸头用武力征服了一部分人，震慑了一部分人，孤立了一小撮有亲哥哥的人，迅速坐稳了班上老大的位置。

霸头制裁一个不服从者的手段是全方位的，先是武力攻击，然后是连续几天的骚扰，比如，你从厕所回来的时候，发现自己的书包挂在了灯管上，书本洒落一地。这还不算，最难承受的是长达几个星期的外交封锁，班上没有一个同学敢接触被制裁者。

我的一个小学哥们至今跟我还有联系，当时他冲破这种封锁，课间陪我玩，结果我俩被驱逐了半个学期。很快我就屈服了，回到霸头的温暖怀抱。

我们当时都相信，霸头以后肯定会成为这一带著名的混混，但大家忽略了一点，这哥们学习成绩不错。他后来也读了大学，毕业后回到那个城市留在环保局工作。

其实归顺霸头之后，他对我还算比较照顾，不再拳脚相加，只是偶尔向我借点钱花。五年级的时候，被霸头借走了最大的一笔钱，那是本来准备捐给希望小学的五块钱。那年，希望工程正式启动，班主任叫班干部带头捐钱，我只好捐了五毛钱。

那年，WPS 问世。一个月前在学生的推荐下，我开始用这个国产免费软件。

十二　“食物链”的顶端

终于升到六年级了，我们可以在校园里无所顾忌地一边跑、一边笑，而不用担心打扰到哪个高年级的混混。

霸头也在等待这一天的到来，他早想有所伸展，开始在学校里向低年级学生征收管理费。开始并不顺利，霸头隔三差五地被校外的人修理，有更大的混混，有亲哥哥，还有爸爸。但不久以后，霸头日进斗金，还免受皮肉之苦。

我曾羡慕地请教成功经验，霸头自豪地向我传授，要点有两个：第一，要有优秀的判断力，哪些人的钱可以收，哪些人的不能收，必须在威胁对方短暂的过程中作出判断；第二，要有后台，即使偶尔判断失误，有后台支持的，最多也是把钱退回去，而免受皮肉之苦。

霸头所说的后台，就是小学西边不远的中学混混，他主动联系上了那个中学，也第一次将中学混混引入我们小学。

从此，六年级的优势就没了。

当时那些中学混混在我们眼中，是绝对的高级肉食动物，具有成人化的装扮，更酷更拽的举手投足。他们每人一辆单车，这算是当时最豪华的装备。有一次我亲眼目睹了这些中学混混把学校门口的地摊超市洗劫一空，这是校门口发展史上不曾发生过的，也让我第一次见识了中学混混的杀伤力。其实霸头算不上中学混混的团队份子，他只是将勒索的钱财定期分一部分给靠山，从而获得高级保护。

我们的噩梦开始出现在周六的下午。

那时还是一周六天工作制，周六下午是我们小学集体大扫除时间。班上同学分成三部分，一部分打扫自己的教室，一部分打扫所属的卫生区，另一部分去打扫老师的办公楼。这本来是个轻松快乐的时候，但在这个时候中学混混总会驻扎在校门口，一是听取霸头一周的总结汇报，二是顺便在门口钓一些大鱼。幸好他们一般不会进校园。

回顾这段历史的时候，现在才认识了个名词，叫校园暴力。翻了几篇相关的文章，大概意思都差不多。站在家庭立场上的学者指责学校管理有问题，站在学校立场上的学者指责家庭教育有问题，双方偶尔达成妥协后就指责社会因素，当然也有说家庭、学校和社会都有责任的。然而，这些学者可能早已忘记了自己当初的心路历程，忽略了人的本性。

当年美国黑帮史诗巨片《教父》获奥斯卡大奖的时候，台下投票的恐怕没有未成年人；港台片《古惑仔》系列当年热播大江南北的时候，票房也不是小学生贡献的。扪心自问，每个成年人也都渴望获得超脱常规的能力和权力，以获得社会的认可和尊重。但成年人的社会有法律、道德和舆论等约束系统，还有风险和收益的评价体系，形成了一个共同的价值取向。而未成年的小学生认知和想象力的极限，就是这个单纯的校园环境，这个初次没有父母支配的世界。他们无法清晰地把好好学习和今后美好的生活建立起逻辑关系，况且美好生活的概念还不是成人价值取向定义的范畴。如果你不能用小学数学公式将体面的工作、稳定的收入、社会的认可、他人的尊重与学校门口地摊上的糖豆建立起换算关系，这些孩子就会接受另一个更为直观的榜样，那就是一个混混所具有的表达形式：在同龄人当中可以获得更多的自由和安全，得到更多人的尊重，容易获得财富，并可以把自己的意图施加给他人。

而把混混作为一种榜样，对于未经世故的学生而言，从技术上讲，具有更强的可行性和现实意义：只要有胆把手中的铁棒举起、有力砸下，便可实现理想。所以他们崇拜、追随、模仿和尊重这种榜样混混。有人说这是未成年人欠缺引导的、混乱的价值取向。但客观地讲，这一点都不混乱，而是如此地清晰，且来自本性。当身体和心智还处于弱小的生理阶段，对免于外来攻击危险的渴求是本性的、强烈的，小学校园是这些孩子第一次脱离父母保护而接触到的社会环境，如何在这种环境中求得生存是第一需求。

当一个混混潇洒地走在校园里，会得到众多崇拜者的注视。他的所作所为成为议论的焦点，他的故事四处流传，他的举手投足成了流行动作，混混们引导了男孩子们的共同理想。由于众多崇拜者们的有效反馈，混混们又加强了某些特有的表达方式，而这种行为在成年人眼中正是令人厌恶的。

相对乐观的是，在学校里还有另外一个被广泛接受的正面价值取向，那就是家长和老师反复强调灌输的学习成绩，也是当时仅存的一个。

所以，我和霸头的幸运之处在于学习成绩都比较好，并被这个虚无缥缈的目标指引着，走到了今天的生活。那么现在我们都承认，这个学习成绩评价体系早就被现实否定了。现在流传个段子，做老师的要善待每一个学生，包括得满分的、零分的、逃学的、退学的、撒谎的、作弊的，他们将来可能会成为科学家、首富、官员或什么委的新闻发言人等等。

而对于校园暴力的问题，在当时，甚至现在，很少有家长和老师能够做到像老大那样，根据每个孩子的特长，加封各种专项第一的光环，然后反复地进行心理强化，使团队里每个孩子都有价值体现，并得到多方位的认可和尊重，以团队为荣，并愿意为此付出辛勤的努力，去实现共同目标。这时再谈什么回馈社会或学好数理化，甚至练好跑得快也行。

讽刺的是，天才的老大把团队的理想定位在统治火车站门前的那条街上，虽然方向是错误的，但至少方法是科学的。这也是我多年之后还在崇拜老大的主要原因。

当时在我眼中，我的团队和我的小学是两个平行世界，遥远而不可及。这种遥不可及不仅是空间上的，也是时间上的，一个属于周末和假期，另一个在此之外，永远没有交集。所以我从来没有把两个世界的事情相互混淆，老大从未听到过我在学校里的事情，那会削弱我在团队里的形象，而我的同学也不知道我还有另外一个世界，尽管那里充满了惊险和刺激。

但时空还是发生了穿越，它把老大团队带到了我的学校。

从此之后，我重新审视了自己的团队，还有它存在的问题。

十三　穿越的时空

总是有寂寞的日子
总是有痛苦的日子
总是有孤独的日子
总是有幸福的日子
然后再度孤独
是谁这么告诉过你：
答应我
忍住你的痛苦
不发一言
穿过这整座城市
远远地走来

——摘自海子《太阳和野花》

事情发生在六年级那年，一个周六的下午，我像往常一样玩着开心大扫除，而心里却担忧着一会儿放学回家时如何躲避校门口的中学混混。我书包里还有积攒了一个星期的几毛钱，想在门口地摊超市上消费。

突然，霸头从校门口慌张地跑回来，钻进教室，拿起书包，从后窗户跳走了。他走之前对我们说，如果有人找他，千万不要透露他的去向。显然，这是有更大的混混来找霸头寻仇了。而霸头的良好习惯就是逃命时从不丢弃书包，这是一个好学生的表现。

我们开始紧张地注视窗外，看到操场上刚才边打闹边扫除的低年级学生，纷纷回到了各自的教室，像是在回避从校门口方向走来的那伙人。

视力不好，那伙人走近了我才看清，原来是老大他们，一个都不少，全来了。

记得当时我兴奋得无以表达，做梦都想不到他们会出现在这里。我跑出教室，激动地扑向刀把和他摔起跤来，这就是那时候激动的表达方式。老大他们笑着看我俩摔跤。我的大腿被刀把腰上的刀把顶了一下，疼得龇牙咧嘴，骂完刀把以后问老大，为什么把神器也带过来了。老大说这次路远，带着壮胆。

原来他们几个所在的小学那天开运动会不用上课，他们就缠着老大带队去找我玩。老大当时已经读中学了，他旷课带着团队跨过整个城市来找我。他们换乘了几次公交车，一路打听找到了我的小学。

那天我向班长请假，提前跟他们一起回了火车站，班长提醒我以后不要和坏孩子们一起玩。

在此之前，我从来没有想过老大他们是坏孩子，因为我就在其中，大家只是一起玩，跟着老大很开心。所以我在学校被混混欺负的事情从来没有向老大提过，除了没面子之外，就是我觉得我们都是好孩子，解决不了混混的事情。

后来经过霸头和杆儿的描述，我了解了那天在学校门口发生的事情。

老大带着兄弟们终于找到了我的小学，看到了门口的那群中学混混，其实双方早就远远地注意到了对方。老大他们走近以后，警觉地保持了一段距离。混混头目派了个小混混过去问问情况，同时也为了宣布领地的占有权。估计这个小混混是看到刀把和蔼可亲，觉得安全系数比较大，就冲着他走过去，嘴上还叼着根烟。

那哥们歪着脑袋斜着眼还没问完第一个问题，就被一把短刀压住了脖子，没人看清楚这把刀是什么时候拔出来的。小混混吓得跪在地上，刀把一手揪住他头发，另一只手握刀，刀尖抵住脖子，保持了下扎的动作。对方顿时慌乱了，逃也不是，对抗也不敢，呆呆地站在原地。

这时老大开始问话了，叫对方把个人简历报上来。听完他们的汇报，老大开始教育这群混混，用带着地方口音的普通话说道："这小学生是祖国的花朵，你们也是，但你们是较大的花朵，你们要是总是这样在小花朵的门口捣乱，这小花朵就不能长成大树……"

壮壮笑得蹲在地上，小飞警觉地观察着四周，杆儿一脸猥琐地环视着对方每一个人，而老大对混混们没把注意力放在自己身上感到很不满。他走到刀把跟前，在刀把脑袋上削了一巴掌，对刀把说："你不要太紧张好不好，没看到人家脖子都流血了。"

刀把仍旧保持着憨厚的微笑，回头对老大说："我没紧张，计划就是要扎进去一点点，这样才有效果。"

老大愤怒了："可他们只关注你的刀子，没人听我讲话了!”

刀把低头认错，把跪在地上的小混混放开。那孩子捂着脖子连滚带爬地跑开了，其他混混连声道谢。

老大又说：“问个路，六年级四班怎么走?”

所有人都指向操场尽头的一间教室，然后迅速消失了。这才有老大一伙到学校里找我的事情。

那天我们在一起回火车站的路上玩得非常开心，第一次和他们穿过了整个城市。在路上，我反复思索着老大曾经说过神器不能用于实战，而今天刀把让它沾血了。

那一年，由于火车站前面的路要扩宽，我和哨儿的家在外面最靠近马路，要首先被拆掉，就搬家了。

我的新房子在城市南端的一个新区。这是爸爸单位买的商品房，分给搬迁的职工。哨儿家没有分到房子，因为哨儿的父母都不是原单位职工，为了这个事情哨儿的父母闹得很大。后来他们自己买了两套商品房，也是我认识的人当中最早买房的，从今天的房价来看，他们一定不后悔。

还是那一年，苏宁开张了，多年以后我给这家公司刷了几万块的卡用来买家电；北京第一次举办亚运会，一夜间熊猫加长城的图案印满了帽子、背心和书包；美国拉着伊拉克演了一场战争大片《沙漠风暴》；上交所和深交所挂牌营业，从此以后很多人的欢笑和泪水开始转移到那两条 K 线上。

十四　善意谎言

不久之后我小学毕业了，考入一所重点中学，有点遗憾的是还在外婆家附近。到了周末，我还是会骑单车回到火车站，找老大他们玩。

看到以前熟悉的房子变成了废墟，心中不免有些感伤。

有一个周六的下午，我下课后又回到了火车站。当时比较晚了，我只遇到老大一个人，他刚参加了一个聚会回来，一脸疲惫地推着单车，还打包了半瓶大桶装的芬达，一种橙子味的汽水。

我和老大就坐在我家以前房子的废墟上，一人一口地喝着汽水。

“这条路扩宽之后，路边还要再盖一些商铺，院子不久就要全部拆掉了，还有一些不是原单位的没分到房子，拖着不肯搬走，现在这里乱七八糟的。”老大皱着眉头说。

“老大，那到时候大家会住得很远吧？”我问。

“是啊！但这条街还是我们的。”老大又露出自信的笑容。

“他们几个今天去哪了？”我说。

“哨儿搬走后就再没回来过。壮壮转学了，学校在新家附近，他也偶尔回来玩。杆儿和刀把今天帮小飞家收拾新房去了。对了，杆儿和刀把现在不读了。”老大平淡地说，“我也准备明年初中毕业就不读了。”

听到这个我比较惊讶，想象不到这个年纪不读书的话还能做什么。其实老大的初中根本没读完。

“那父母会同意吗？”我问老大。

“他们早就不回家了，前些日子还在你家的旧房子里住过一段时间。现在拆了，还得重新找地方。”老大转过头来，盯着我鼻子上的眼镜看，说道：“今天怎么戴这个玩意啊，看圈圈得有500度吧。”

“怕天晚了看不清路，平时不戴的。”我有点不好意思。

说到我的眼镜，真的是冤枉。我其实平时学习不是很刻苦，电视看得也不多，偏偏高度近视。当时还没有什么隐形、超薄这些东东，像个酒瓶底子一样的眼镜让我很难接受。

“既然戴上了就好好学习吧，你现在的中学不错，以后别跟着我瞎混了，争取以后考上大学。”老大语气深长地讲。

“老大，可我是军师啊，再说也不会耽误学习的。”我有点失落。

“傻瓜，”老大很慈祥地看着我，“我们团队以后会变得很大，做个军师肯定需要高学历，现在团队需要你好好读书，以后才有大作为。”

这时，老大眼中露出异样的神采，“你看，整个这条街，还有车站对面的那两条街，以后都是我们的。”

老大这段扯淡的话，成了我今后相当长一段时间里用功读书的强大动力，甚至高考完填志愿的时候，我还在各个学校的招生简章上悄悄地寻找一个叫做军师的专业。

后来杆儿对我说，一次团队会议上，老大宣布今后团队活动不要再通知我了，大家很遗憾。老大解释说，我戴着眼镜参加战斗，会增加对方士气。

就这样，我被踢出了团队，所以没有机会参加团队后来高档次、重量级的战斗。

以后的日子里我更加专心学习，除了几次邂逅，不再和他们联系。

杆儿的人际很广，有时会到我新家附近找当地的混混联络感情或者打架。他偶尔也会找我聊天，后来团队发生的事情大多是杆儿讲给我听的。

那年发生的事情很多，也很深刻。苏联解体了，为了纪念这个感情复杂的国度，三年后高中班级新年晚会上我用口琴表演了《山楂树》，整整排练了三年；我国第一个核电站开工，我才知道这东西除了打仗之外还能用来发电；万维网诞生，三个 W 开始改变人类生活；还听到了一个新名词，“小康”生活，直到现在我也没搞清楚定义；电视剧《渴望》开始热播。

十五　新生活

搬家并升入初中，我的新生活开始了。

第一次住进楼房，与新邻居交往不像以前在家属院的时候那样多了。新的学校也有了新的同学，没有霸头的班级就是好班级。随着年龄的增长，同学之间的关系更加平等，我很满足初中同学之间的和谐友好。

开学第二周，两位高年级的师兄就在我们教室的门口，上演了一场菜刀对砍的迎新演出，翻开了中学时代新篇章。

一并走入新时代的还有混混们和他们的战争，升级后的混混应该有个新名字，叫痞子。

痞子当时可以分为三个级别：最高级别是一级痞子，他们不再读书，游荡在市井之间，这些可以叫做职业痞子；二级痞子还留在学校，但和一级痞子关系密切，他们以前或许是小学同学或邻居亲戚什么的，他们掌控着各个中学，不久之后他们之中有的会成为一级痞子；三级痞子是学校里想努力升级为二级痞子，但又没胆量去做一级痞子的一群人，这帮人欺软怕硬，最为讨厌。

我当时的追求就是加入痞子行列，重新回到老大的团队，走完风光的后半生。

痞子之间经常发生战争，由职业痞子领导争夺地盘的战斗极为惨烈，痞子的荣誉也以此提升。但更有观赏性和参与性的是由二级痞子领导的中学之间的战争，场面之大难以形容。为了在混战中辨认敌我，双方都穿着各自的校服，即使平时穿着个性的痞子，在校间战斗中也不例外地穿校服，要是校长们看到这个场景肯定会热泪盈眶。除了三级痞子是校间战争的主力军外，还有很多一般的学生，他们为了学校的荣誉而战。

战争的理由往往千奇百怪，但这并不重要，关键是能够享受这种大规模战斗的乐趣。这样可以宣泄武力，而又没人会记住你是谁，从而引来复仇。

在那个物质和精神生活都不太丰富的年代，身体初长成的男孩们就用这种方式消耗着刚刚分泌出的雄性激素。我所在的学校，是这个城市的一所重点中学，同学们还是比较热爱读书和拥护考试的。但初中三年里每个学期至少有一场校间战斗比赛，有时是主场，有时是客场，可见当时学校暴力战争的频繁程度。

释放雄性荷尔蒙的另一种方式就是体育运动，我们当时的最爱就是足球。足球运动量大，参与人多，我还清晰地记得当时放学后在操场上百余人追逐一个皮球的场景。

球场上受伤是经常的事，但受伤的如果是痞子，问题就有些严重了。有时肇事者的级别也很高，一场遭遇战便开始打响，这就是操场被称作战场的由来。操场远离学校办公楼，地势开阔，更适合大规模作战。平时放学后班上一半的人往后操场跑，那是有球踢；要是全班往后操场跑，那一定是有战斗。

无论是校间的战斗还是校内的战斗，总有受伤的，这时幕后的一级痞子在二级痞子的邀请下隆重登场。作为战后双方的代言人，痞子们开始谈判和赔偿事宜，具有政治智慧的一级痞子从中获益。当然也有谈不拢的时候，那将又是一场时间、地点和人物非常清晰的高规格战争。其实，那些年战争减员的情况也很严重。

说到谈判，这是个很有意思的场面。战斗双方各自请到当地比较有威望的痞子，约好时间地点。双方到场，讲究一点的还真摆张桌子，当然能坐到桌子边上的没几个人，后面站着黑压压的一片。为了提高谈判筹码和向对方展示实力，谈判双方都会邀请一些附近的团队以增加人气，有的靠感情，有的靠报酬。

当年老大率领团队创业初期，经常靠参加谈判获得收入。后来听杆儿讲了个有趣的事情。有一次火车站附近一场战斗之后，双方都邀请老大团队有偿支持谈判，老大竟都答应下来。他带领一批团队新成员参加其中一方，派刀把和小飞他们参加另一方。谈判时老大他们都站在人群的边缘，还猥琐地戴着帽子。

结果谈判破裂，现场开打。其实这种事情很少出现。场面是相当的混乱，双方都邀请了不少的嘉宾到场，自己一方都认不清谁是谁，就这样开战了。

老大领着新兵，费力地从人群中找到刀把他们几个。表演赛开始，团队内部成员自由结对，相互扭着。老大站在中间，现场为新学员讲解打群架的要领。第一，不要落单，最好几个人背靠背，不要主动出击；第二，选择一个靠近路口的边缘区域作战，便于逃跑；第三，一定要观察大趋势，要是自己一方获胜在即，便马上包围对方一个落单的成员猛打，以造成自己一方所有人都放下手中的工作以后，还能看到你们几个还在拼命干活的效果。否则，参照第二条。老大还补充一点，以上只适用于邀请赛，要是自己团队对外作战，谁敢这么划水就割谁小鸡鸡。

这个事情后来经常被当做励志故事教育团队的新人。

老大靠赚取谈判出场费获得收入的历史很快就结束了。不久之后老大在火车站附近开了几家台球厂，收入很好。

十六 当年的游戏

说到台球，也叫做桌球，在当时盛行一时。大街小巷，甚至路边上，都摆上了台球桌子。也许是当时的确缺乏娱乐活动，这种玩意一出现就被广大人民群众接受并追捧。

当然，痞子们也没有错过这个好玩的东西，他们平时有更多的时间，用打台球去消磨再好不过了。所以我印象中的台球游戏就是痞子运动，白天或晚上，室内或室外，总能看到一些光着背、文着身和叼着烟的“运动员”，台球桌的边缘上还摆着几个啤酒瓶子。

后来听说丁俊晖拿了温布利大师杯，我一点也没感到意外。这个运动在我的祖国太有群众基础了，但又得知这种活动在西方是一种高雅的绅士运动，这让我很难接受。

当时我和同学也很喜欢玩台球，经常上晚自习的时候逃掉去玩。我们翻过后操场的围墙，过了马路就是这个城市的体育馆。那里有很多台球场子，有室内的也有室外的。

我们一般不敢在收费便宜的室外场子打台球，那里经常是痞子战争的发源地。因为不小心就会用台球杆戳到某位痞子的屁股，所以宁愿多花点钱，去那家室内的台球厅。据说老板以前是位江湖大哥，退休后开了这间台球厅养老，当地的痞子们不会在那里闹事。除了获得安全的娱乐之外，还有一点瞻仰这位深藏功与名的隐者之意。老板从来不会主动和我们交谈，大多时间是抽烟，默默地看着我们玩。他没有一点表情，沧桑的双眼中还残留着一丝霸气，脸上有一道深深的疤，和后来刀把脸上那道疤一样的位置和角度。

在那个台球厅里，我们挥霍过金色的青春。

除了台球之外，还有另外一种游戏是我的最爱，那就是电子游戏。

当时电子游戏厅也像台球桌子一样遍及大街小巷，而电子游戏机与现在的电脑游戏纯属两个概念。

那种机器有一人高，显示屏一般是 45 度倾斜。屏幕下面，左边是摇杆，右边是几个按键，也有双人操作的游戏。直到现在我都怀念这种游戏机，站立的方式更利于精神集中和动作协调，摇杆比键盘更有操控性。只要投进一枚游戏币你便是主角，而且受你的控制，然后不断地获得胜利。每一次获胜都有准确的分数为你记录，玩腻了这种游戏可以换另外的游戏，但战斗和杀戮是永恒的主题。

直到现在，我还在通过游戏机现象痛苦地思考着人类的本性，为什么纯洁的孩子们会如此迷恋这种东西。当时爸妈经常批评我，如果能拿出玩游戏机一半的热情去学习，肯定能考上名牌大学。其实他们不知道，如果学习有游戏机一半好玩，那我一定可以拿诺贝尔奖。

但我还是有收获的，记得当年物理课中最容易混淆的左手定则和右手定则，被我从游戏中总结出一套刻骨铭心的记忆方法，那就是左手摇杆、右手按键，对应联想左手是力的方向、右手是电流方向。因为我在打雷电的时候喜欢用电流激光作为武器，后来高考物理卷子加两分。

我在学校晚自习时一般不敢去附近的游戏厅，不仅因为那里也是痞子战争的发源地，更危险的是会被班主任抓获。当年我们班主任经常到学校附近的游戏厅抓自己班上的学生，被捕获者后果严重，写检查，记过，然后叫家长。现在向我的班主任致敬，他用了这种极端的手法，保证了未经世的学生向比较正确的方向发展。

但我还是摆脱不了游戏厅的诱惑，既然学校附近不能去，那就去家附近的游戏厅。有时下晚自习回家以后，我都会以继续复习为由，在房间里独自看书。父母都为我这种自觉学习的精神感到欣慰。其实，等他们休息以后，我会拿上两块钱悄悄地溜出去，奔向马路斜对面的一家游戏厅。

感谢那些年的经济发展，到了初中时代，带上几块钱去游戏厅消费已经是很轻松的事情，要是放在读小学的时候，这是很难想象的。

不知不觉，我的消费水平从“分”直接跨越到了“元”，一起实现跨越式发展的还有物价，一百多块钱过大年的日子也一去不复返了。

十七　杆儿解围

由于去游戏厅的次数多了，我不可避免地被本地痞子关注上了。

说到我家附近的这群痞子，和学校的那些有所不同。我的新家在城市南边的新区，以前这里是农村。城市的迅速扩张，将这些村落包围进了城市。农田变成了高楼大厦，不用再继续耕作的原住民中也进化出了土著痞子。

这些痞子携带着优秀的作战基因，迅速崛起。

他们一般都具有强壮的体质，简单的解决方式，不太讲究穿着打扮，特别是缺少对美好生活的想象和抱有藐视生命的精神。这使得这些土著痞子具有极为强大的杀伤力，曾经一度代表了那个城市中痞子战斗力的最高水平。

强大的战斗力为土著痞子带来了荣耀，老城区的小痞子们开始学习带浓重地方口音的普通话。这让人听起来更具有威慑力，同时也纷纷开始与土著痞子建立友好关系，以得到武力支持。

当年杆儿经常往我这边跑，也是为了这个目的。

那天晚上我正在通关街霸时被这帮土著痞子围住了。游戏还没有结束，我就被请了出去。

记得当时有七八个痞子围着我，每一个都面目狰狞、表情古怪，有的叼着烟，有的夸张地吐着口水。带头的痞子对我说，三天内带二十块钱来游戏厅，否则见一次打一次。

当时我吓傻了，没想到在家门口会遇到这种事情。我在那种年龄还不懂如何寻求正当的方式来保护自己，带着未长大成人的自尊又不想说给父母听。

没有办法，我想到了老大。

再次回到火车站，这里的改造建设翻天覆地，我几乎认不出这里就是儿时的领地。带着一丝伤感，我去了杆儿提到的他们经常活动的老影城附近。在一家酒楼门口我遇到了杆儿。

当时杆儿刚喝完酒走出来，带着几个我不认识的小弟。他看到我以后很兴奋，给大家介绍我是军师。看到我脸色不是很好，杆儿拉我到一边单独说话。

我把土著痞子的事情告诉了他。

杆儿猥琐一笑，对我说："这点小事就别找老大了，最近他忙得很，要是知道你不用功读书经常钻游戏厅，他会生气的。"说完，向不远的一个小弟招招手，那个小弟背着个包包跑了过来。

杆儿从包里拿出一块砖头，交给了我，说："把这个给他们，应该抵得上你那二十块钱。"

我把砖头拿在手里，翻来覆去地看了看。这是一块普通红砖被十字锯成四瓣其中的一块，像一个蛋糕，很精致。

我疑惑地问杆儿："你的意思是叫我拿这个拍他们的脑袋？"

"你书读多了吧，"杆儿说，"别招惹那群人，都是不要命的主，把这个给他们就行了，不用多说。"

我将信将疑地把那块砖头包好，夹在单车后面走了。

后来我才知道，这精致的四分之一块砖头是杆儿跟着老大创业时期的独门武器，近距离可以拍脑袋，还可以远程攻击。后来杆儿有了声望，分工也不同，很少参加一线战斗，这砖头成了他的信物。这是什么样的信物？就是杆儿将这块砖头用报纸包好，派小弟送过去，对方要是敢接，第二天刀把或小飞他们必带人上门，一场血战。

这砖头用作和平目的，在我这里还是第一次。

第二天放学后，我带着这块和平砖等在游戏厅门口，那群土著痞子如约而至。我小心翼翼地将东西交给带头的痞子，那家伙打开看了看，又还给了我，对我说："不知道你是杆哥的小弟，一场误会，以后在这边有事找我们。"说完领人走了。

我一脸茫然地拿着那块砖头站在游戏厅门口，反复思索着刚才听到的那句话。

像这种痞子之间相互买账的情况并不多，那个还是这条街的老大到了另一条街会被打得满地找牙的年代，像杆儿这种在城市西边发展的痞子能把面子卖到城市南边，已经算是奇葩了。这得归功于老大带领团队有方。

那一年，粮票取消了，我很有远见地把家里剩余的粮票收藏起来，以期待升值，现在看来收藏价值得等到孙子辈去体现了；万通在北京注册，成员里有潘石屹；《北京人在纽约》热播，新东方随之成立。

十八　老大的团队

老大拥有一群才华突出而且忠于老大的骨干，加上老大有理想、有策略、有威望和全能无敌综合排名第一的专长，团队的扩张非常迅速。

对于一个团队来说，领袖的素质至关重要。一个优秀的领袖无非用三种方法领导团队：第一，用手段制人，这种领导必须有高超的权力运用技术和敢于置人于死地的决心，能把握住每个人的要害点，使团队成员不得不服从支配，这当然是有风险的；第二，以利诱人，该领袖拥有一定的资源和权利，使团队成员不但有既得利益，而且又有无限的期望，从而跟随之；第三，以德服人，这种领袖人人可以做到，只要有宽大的胸怀和无私的蜡烛精神，从而对团队进行精神统治。以上三条能做到其中两点，已经是前途无量了，而老大全部拥有。

在当时谁也不服谁、大哥满天飞的时代，老大能够把自己的规划让手下很好地去执行和实现，这在当时的痞子世界里是难能可贵的。所以，老大控制的地盘远远超出了最初的设想，鼎盛时期几乎覆盖了西边半个城市。

然而，一辆行驶速度过快的车，稍有扰动，便会出现比较严重的交通事故。

老大不断吸收新鲜血液加入团队，在老大的带领下新人成长很快，但核心的业务还是交给刀把、小飞和杆儿这几个从小一起长大的兄弟。他们几个当时已经成了当地很有名气的痞子，每个人都带了一群小弟。

老大当时的召集能力堪称一流，由于团队继续向西扩张，与城市以外的矿区接壤，于是，一场不太落后的文明征服落后文明的战争开始了。在十个小时内，老大召集了两三百人，把最近的一个矿给围了，在当时没有手机、传呼机的年代，这简直就是一个奇迹。后来对方用炸药包宣布了领地的所有权，给老大上了一次化学实验课。

老大把团队里战斗力强的分配到刀把手下，刀把一伙成了作战精锐部队，后来团队的扩张战争大多都是由刀把带领完成的。残酷的战斗在刀把脸上留了道深深的疤，而他给这个城市留下了他的那张笑脸，与那道刀疤形成完美的组合，成了很多人心中的噩梦。老大主要负责训练新人，这是控制团队的最好手段。小飞带着人跟在老大身边，也算是禁卫军首领，遇到刀把呼叫时，也做后备役。杆儿后来基本上不参加战斗，担任起管家的角色，他把团队打下来的地盘管理得井井有条。

如果不是个痞子，杆儿算是个真正有水平的管理人才，除了管理领地内各项工作以外，还担任起外交的职责。凭借他极好的人缘，杆儿与这个城市内很多痞子领地建立了友好关系，为团队的发展营造了一个良好的环境。在这一点上，杆儿体现出了与学历十分不对称的涵养。

有一天晚上，杆儿带着几个小弟去收管理费。到了一家游戏厅门口，杆儿刚要进去，一辆拉货的小卡车飞奔而过。正好路中有滩积水，溅起的脏水把杆儿他们浇了个从头到脚，那辆倒霉的小车还停在不远的地方卸货，显然司机根本没有留意刚才发生的事情。

小弟们怒了，掏出家伙就要过去，却被杆儿拦住了。

这时游戏厅老板赶快拿来纸巾，递给了杆儿。

杆儿一边擦眼睛一边对手下说："我们是来收管理费的，这只是个意外。"

老板和杆儿也比较熟，故意严重地对杆儿说："杆哥你要是不去教育这小子，会影响你的威望。"

杆儿一脸猥琐地冲老板笑笑，把手里的计算器递给老板说："你 TMD 不交管理费才会影响我的威望。"

后来老大将此事当做团队新人考核的一个保留题目：冲上去打人的，那是混混；当做什么都没发生的，才是真正的痞子。

我听到的关于杆儿的还有最酷的一件事。杆儿禁止在领地内学校门口打架，每年 7 月初的几天晚上他都不许路边露天的卡拉 OK 营业。那些年，高考就是那几天。如果晚上没有被路边的音响吵到失眠，那些高考的学生应该感谢一个瘦高的痞子。

我从没有仔细研究过一个痞子的内心世界，但我的路程却始终被一个痞子关注。几年后我考上了本省的一所大学，报到走的那天杆儿找车送我到车站；大学毕业后我考到南方一个学校读研究生，接到来自家乡的第一个电话就是杆儿打过来的；之后我又换了个城市继续深造，电话号码换了不知多少个，但总能接到杆儿的电话，偶尔还能收到他从家乡寄过来的年货和特产。

我妈说过，还是住在火车站老院的时候，当时杆儿读四年级，期末考试拿了全班第一。他妈妈当时拿着考试卷子找到我妈妈，让我妈给看看是不是老师搞错了，我妈说没错，是孩子进步了。杆儿的妈妈当时哭得一塌糊涂，她是我们城市当时最早的一批下岗工人。

我是从老大那里知道的内幕，那次考试杆儿正好坐在他们班学习委员后面。那人是个考试疯子，杆儿的脖子长，再加上两个监考老师喜欢聊大，结果杆儿的成绩竟然比原创还高。这个故事被当做经典笑话在团队里讲了很久。

杆儿曾经问过我，如果高考有机会坐在我后面，是不是也能考上大学。我开玩笑说，让他考到博士都没问题。

离开火车站以后，我再也没见到过壮壮。听杆儿说，他也被老大用对我的方法请出了团队，只是换了个说法。团队不但需要读书的军师，还需要读书的律师，所以老大派壮壮去好好读书，以后做个律师。

多年以后，壮壮大学毕业回到这个城市，注册了一家律师事务所，也是我们城市最早的一批私人律师事务所，后来以擅长辩护刑事案件出名。

那一年，香港的四大天王在人民大会堂上演了一场《青春舞曲》风靡大街小巷。班上很多女生的课本上粘满了四大天王的贴纸，男生们也开始流行郭富城的发型。

那一年，学校门口这条街上，四大金刚正式组合，四个痞子开始以集体的形式出现，受到男生们的追捧，每到一处前呼后拥，风光一时。

那年夏天，我初中毕业了，连个学校的大门都没换，从东院搬进了西院，开始了高中生涯。

城市西边，老大带领着团队继续疯狂地扩张，《大话西游》在内地上映；那年和老大一起疯狂起来的还有李阳和他的英语。而我作为一个理科生，开始痛苦地为英语这门进口科学寻找经验公式和逻辑算法，这一找就是十年。

十九　英雄班级

这个时候，我身边的很多二级痞子永远离开了学校，升级为一级痞子，开始了江湖生涯。

与金庸小说中的一样，这些职业痞子有帮派、有帮规、有领袖、有绰号。但也有不同之处，就是小说中的人物可以飞着打，而痞子们只能在地面上跑着打。

自从四大金刚问世以后，金刚们带领的团队也实现了融合，学校附近痞子战争平静了很多，但痞子欺负学生的事件一点也没少。

也许有压迫就有反抗，学校高中部进化出了一股另类的力量。

这是高二年级的一个重点班，班上30多个男生全民参战，对抗外来入侵。对于一个高考升学率90%

以上的班级来说，没有一个名牌痞子的领导，如何形成这种集体战斗力，是个不解之谜。有的说法是这个班有位热血的班主任，还有的说是有个鹰派班委会。

总之，这个奇葩的班级颠覆了我们这些高一新生的三观，此事和 Windows 95 的发布一起被我们班评为年度最有影响力的事件。

在我进入高中的第二个学期，有幸观赏了这个英雄班级的豪华演出。

那是一个中午，放学后，回家吃饭的学生纷纷推着单车往回走，原来四大金刚带着人马把校门口给堵了。

十几分钟后，痞子明星们大摇大摆地走进高中部。我们班上的男生都跑到走廊上，趴着围栏在三楼看演出。大家用手指着下面的人群，争论着谁是雷金刚，谁是火金刚，以及他们的八卦新闻。没人说得出那天为什么四大金刚会来到高中部，但他们的目标很明确。金刚们用手指着对面二楼的一间教室，讨论着什么，那间教室正是高二英雄班级。

激动人心的一幕出现了，英雄班级的男生排队走出教室。他们顺着楼道下来，清一色的校服，排成两列纵队。每人手中拎着一个凳子，一模一样的凳子，像是排队去后操场开大会一样。队伍中每个男生都高昂着头，脸上写满了骄傲，包括每个戴眼镜的男生。

我激动地扶了一下自己鼻子上的眼镜。

接着英雄班级纵队裂变成横队，半弧形包围，像是排练过一样地整齐。

四大金刚退缩了。

没有一句交流，板凳横飞，杀声震天。

我想四大金刚是过于轻敌，连个兵器都没带。他们只想着靠杀气和名气便可取胜，结果被英雄班级的高材生打出了校门。

英雄们战斗凯旋，仍旧排队走回教室。他们赢得了高中部观看演出的同学们的热情欢呼，口哨声、鼓掌声、尖叫声，响彻西校园。我敢保证，同学中肯定有人流出了眼泪。

如果事情就这么结束，那四大金刚可以解散了。

下午放学后，校门又被堵了。四大金刚请来了靠山。

这位大哥级的人物穿着黑风衣，头发很短。他气场相当强大，已经超出了我定义的痞子级别，四大金刚像跟班似的走在大哥身后。这群人径直去了对面二楼的英雄班级。

按照惯例，我们这些新生仍旧趴在楼道的围栏上观看。

他们进了对面的教室以后，我们听不到冲突的声音，大家低声分析着里面的情况。一会儿，那堆人又走出教室，同时也有几个穿校服的一起出来，然后在走廊上跪成一排。我们在对面楼道惊讶地看着戏剧性的进展，大气都不敢出一声。

黑风衣拿出一把黑黑的武器，顶着跪在中间那个穿校服的学生头上，好像还说了什么，我们离得远听不到。我们虽然看不清师兄们的表情，但能感觉得到他们的恐惧和绝望。刚才的骄傲消失了，师兄们深深低着头。然后黑风衣转身站到了楼梯口，四大金刚上前，对跪在地上的学生拳打脚踢，没人敢反抗，班里也没人再出来。

整个过程只有十几分钟，黑风衣带着四大金刚及其随从走出了校门。同学们开始激烈议论着刚才的细节和那个武器的型号。

我默默地思考着一个问题，看来冷兵器时代就要过去了。

学校保卫处的干部和老师们总是在痞子们完全撤离 10 分钟后及时赶到，从来没有提前过。

班主任大声地把我们喝回教室，坐下一看，发现班上一个人都没走，包括女生。班主任开始训话："你们不用功读书，就热心于这些打架斗殴。告诉你们，苍蝇不叮没缝的蛋。要是脑袋里整天装着这些痞子，总有一天麻烦会找上你们。赶快回家，不要在附近瞎转。"

我们觉得班主任说得很对，所以散会后马上收拾书包回家。

那天是个大周末，周五晚上不上晚自习。要是放在平时，这天下午我大多会去操场踢球或到别的地方玩到天黑才回家。

说到大小周末，当时觉得这是件天大的福利。每隔一周会有两天的休息，不久之后就变成了一周五天工作制，但再也没有感受到过刚刚享受大小周末时的惬意。

我和几个经常一道回家的同学惊魂未定，决定还是直接回家。我们骑单车出校门左拐，走了 200 米，发现前面路口边上聚集了一堆人，就是四大金刚他们，好像是在路边的排档搞庆功会。以前在火车站的时候，我们对外作战胜利后老大也经常带我们搞这种活动。

有两个痞子高调地站在路中间，一个搭着另一个的肩膀，大声地交谈着，行人纷纷绕道而过。我建议掉头，走较远的路回家。一个同学说没事，四大金刚不会找我们的麻烦。我只好硬着头皮尽量地靠边走，总预感有不幸的事情要发生。听说，人感到害怕的时候，身上会散出一股味道，麻烦就会顺着味道找到你。

这次给我带来麻烦的是我的单车。

二十　骑着单车也中枪

这辆单车是爸爸奖励我继续留在重点中学读高中买的，当时进的还是重点班，估计是老爸看到了祖上第一个大学生越来越接近。当时这种18变速的山地车就像今天的豪华SUV，我当然对这辆单车倍加爱护。前几个月里我每天擦车，一尘不染，平时连老爸都舍不得给他试骑一下，还买了条超粗的链子锁，那是用来锁摩托车的。

结果，我们走到路口的时候，站在中央的一个痞子盯上了我的这辆单车。

痞子推开同伴，走到我的前方，歪着脑袋，伸手叫停。

带着绝望，我停了下来，我的几个同学也一脸木然地停在我后面。

“车子不错，借我用两天。”痞子说。

“不行。”根本不用思考，我就拒绝了他。之前也听说过个别痞子借单车会主动还的案例，但修车的成本都快买辆新的了。

痞子的自尊受到挑战，他气急败坏地拉住我的单车，拖到了路边。便道上的排档里，黑风衣和四大金刚他们在喝啤酒。

我当时很害怕，但不给单车的底线没动摇，所以一手把链子锁拿了下来。我的想法是锁车、挨打，然后看砸车，最后修车、修人。结果痞子误会了我的动作，大声吆喝着跑到排档里拿了个啤酒瓶子，出来就要砸我。

动静闹大了，黑风衣和四大金刚走出来，观察情况。小痞子向上级汇报，说我要动手。

黑风衣淡定地看看我手中的铁链，不慌不忙地从口袋里掏出一根烟，这快把我吓死了，半个小时前他掏出的可是另外一个东西。那根烟马上被身后的痞子点上。

大哥级的痞子稳重许多，黑风衣问我家住在哪片，我很诚实地汇报了现在和以前的地方。他又提到几个人名和绰号，问我知道不知道。估计前面几个是南边的土著痞子，我也很诚实地摇头。当时有一种预感，我再继续摇几次头，估计啤酒瓶就要砸过来了。

黑风衣最后提到刀把，我终于可以点点头了。

黑风衣略带惊讶，又询问了我和刀把的关系。我提到了老大、杆儿和小飞他们几个，但说是很久以前的朋友。黑风衣拍拍我的肩膀，叫我进去坐坐。我回头看看我那几个吓傻的同学，叫他们先回去，我和单车应该没事了。其实，这几个同学没偷偷溜掉已经算是够义气了。他们几个现在都在国外拿了博士学位，但不知道国外有没有痞子。

我坐在那个排档的长条桌子中间，黑风衣坐在对面。刚才拦下我单车的痞子加了把椅子，坐在最边上。这是我第一次和四大金刚坐在一起，但我牢记班主任的教导。

我的话不多，大多时间在听他们一人一句地讲，黑风衣偶尔问我一些问题。从谈话中得知，黑风衣曾经被老大团队邀请过并肩战斗，后来也请刀把帮过忙，他和杆儿比较熟。看来我的运气比较好，要是黑风衣挨过刀把的刀子，那天我就可能真的要被修理了。

平时耀武扬威的四大金刚和那些痞子，提到刀把的时候都是用“刀哥”称呼，可见刀把当时的威望。而且当时在场的除黑风衣之外，其他人都是慕名景仰，没亲眼见过刀把的笑脸，但已经把“刀哥”描述得比我知道的还详细。后来我才知道，黑风衣外号叫锤子，是这条街的痞子头。

那天在排档上，锤子又提到的另外一个狠角色，也是我熟悉的。

二十一　最后一个徒弟

这个人就是小秦叔叔。

在工厂里，小秦是我妈妈最后一个徒弟。其实他比我大不了几岁，但妈妈以同事关系为主，所以让我叫叔叔。那些年，小秦过年过节经常带点礼物去我家拜访，对我很好。

那个年代，工厂属于全民或集体所有制。产业工人们拥有领导阶级的荣耀和自信，新进来的工人都以拜某位老工人为师傅的形式学习技术和处世之道。这种师徒关系是稳定的、终身的，师傅和徒弟之间具有特殊的感情。直到现在，我的城市称呼陌生人还是用“师傅”二字，而不是先生、女士或老板什么的。这种存在于工厂里的师徒关系，从 20 世纪 90 年代开始，随着企业改制慢慢地消失了。取而代之的是企业人力资源部门对新员工的培训，而员工的跳槽或被炒鱿鱼现象越来越频繁。

今天，这种师徒关系唯一的残存，是在高校里研究生和导师之间。我常常思索着这种师徒关系的产生、发展和消退。

师徒关系无非是一种契约，徒弟从师父那里能够学到宝贵的知识和技能，可享用终生。而师傅可以得到徒弟长期的感情回报，即使传授技能阶段结束，这种回报也不会停止。那个年代，初进工厂的工人，普遍没有受过足够的教育。面对工业设备和机械，他们甚至没有自我学习的基础，所以需要通过师徒关系获得技能，而这种技能正是生存所必须的条件和保障，因为那个时候一个工作通常是做一辈子的。

那个年代，工厂还普遍采用接班制，即一个老工人退休，可以由自己的孩子填补这个空缺，继续为工厂服务。放在今天看来，这是个很扯淡的事情，但在那个年代却是天经地义、全民认可的。所以，当时的职工对自己的企业有着强烈的归宿感，厂子就是家，甚至比家还重要，一点都不忽悠。

小秦妈妈是厂子的老职工，也是我妈妈的师傅。

小秦上面有几个姐姐，作为家中唯一的男孩，他妈妈把接班的机会毫不犹豫地留给了他，并托付给我妈妈，做她的徒弟。从严格的师徒关系上讲，小秦应该把自己的妈妈称作师奶。

小秦从小被父母和几个姐姐惯坏了，不喜欢读书，整天惹是生非。龇牙咧嘴地读完初中以后，小秦辍学在家，等他妈妈退休后接班。

那几年，小秦跟着一帮痞子们瞎混度日，打架出了名。

小秦妈妈终于熬到了退休那天，据说还是提前了几个月，就是为了让这个不省心的儿子早点有个着落。可小秦一进厂子，就搞得天翻地覆。他从一车间一直打到四车间，打遍整个厂子无对手。那时工厂里年轻人多，也有一些工人痞子，当然小秦进厂以后很快就称王了。

从厂长、保卫科长到车间主任，谁也管不了这个称王称霸的小秦，每次动点真格要处理他，总会有位退休的老大妈坐在厂长办公室门口哭闹，当然是小秦妈妈。所以，每次小秦惹事的时候，总有厂子领导来请我妈妈出面，去收服这个猴子，因为小秦只对他师傅服从。

说到小秦打架出名，那靠的是真本事。他是我见过战斗力最强的人。与其他虚张声势、故意斗狠的痞子不同，小秦打架纯粹是出于热爱和追求。他没有任何不纯的动机，不为虚名，不图利益，只为享受击倒对方时的快乐。小秦是一个格斗的天才，遗憾的是没有一个自由搏击教练发现并培养他，否则，一定会为国争光。

我曾经向小秦请教过格斗技术，他毫无保留地给我做过讲解。

第一，要有一定的格斗基础。这无非是力量和速度，每个人天赋不一样，但都可以通过锻炼提高。

第二，克服恐惧。这是一个打架高手必须具备的素质。在战斗的时候，不要顾虑伤害到对方的后果，以及衍生出的一切麻烦，比如会遭到更大倍数的报复和赔偿等等。只专注于每一个动作，并思考与下一个动作的连贯性，并关注对手的眼神、手、脚或武器的任何细节，要做到具有预见性。总之，任何的恐惧都会影响你的战斗力。

第三，克服愤怒。战斗中，对方任何的挑衅或实质性的打击，都会使一个热血少年的血压升高，而这正是一个打架高手所忌讳的。愤怒会使自己失去判断力，同时会造成肌肉僵硬，影响速度。严重的时候会发抖，恐惧的时候也会发抖，但这都是要避免的。

第四，要用身体最有力的部位击打对方的要害。扇巴掌和王八拳什么的都是小学生招数，能伤到对方的只是尊严，绝对不是打倒对方的有效方式。与对方厮打时，最好能用到肘、膝盖，甚至是额头，这些动力臂较短的坚硬部位，去击打对方较柔软的部位，比如两肋或腹部，这是解除对方战斗力最快的方法。发力时一定要身体带动四肢，腰和腿一定要配合发力，只甩动拳头和胳膊是女人的打法，根本无法击倒对方。一拳把对方打飞出去，那是拍电影。

第五，单独对决时，不要轻易用腿攻击，除非你熟练葵花宝典或九阴真经。人类进化出双腿，主要用于支撑身体，并保持平衡。尽管双腿的力气远远大于双臂，一旦抬腿过高，或单腿支撑，就会被对方抓住机会，从而犯下一个致命的错误。

第六，致命的错误就是倒地。特别是与一个高手对决时，一定要避免倒地，因为很可能你再也无法站立起来。当倒地之后，整个身体处于低位，这正是对方双腿最舒服的攻击范围，同时对方也不会因抬腿过高而承担倒地的风险。不要忘记，双腿的力气最大，而且攻击点越低，发力也越大。麻烦还不止如此，当你倒地以后，在恢复站立平衡姿势之前，其过程必须靠手臂辅助支撑。这时要害部位会失去防护，比如对方会像开大脚球一样抽你的脑袋，一旦成功，战斗便结束。所以，一个高手是不会放过你倒地这个机会的。当然，让对方倒地也是优先考虑。

第七，一旦得手，不要给对方留任何机会。必须一气呵成，直到对方身体和精神崩溃，或至少一项崩溃，以前者为好。

第八，快速逃跑。一旦发现以上几条都不管用，或你手中的兵器与对方掏出的兵器相差一个时代，比如木质材料的遇到金属材料的、冷兵器遇到火器、常规武器遇到大规模杀伤武器等等。向人多的方向跑，向派出所的方向跑，远离危险，奔向自由，继续活着，比啥都好。

小秦这八条格斗技术我背得滚瓜烂熟，但从没机会实践过。

二十二　那些奖状

后来小秦去找厂长理论，结果砸了厂长的桌子。原因是他的师傅内部下岗了。

记得那年很多企业破产。妈妈的厂子还没有走到关门的地步，但工资早已经拖欠了一年多。当时没有工人去找厂领导说理，因为他们把厂子当成了家，家境有些困难，大家都理解。当妈妈领到内退通知的时候，她哭了鼻子。

内退的意思就是人回家待着，不用来上班，等到了规定的退休年龄再回来办理手续，当然这段时间是没什么钱拿的。我和爸爸都劝妈妈，反正上班也没钱拿，干脆在家休息也好。后来我参加工作以后，才略体会到失去岗位的失落和恐惧，根本不是钱的问题，至少在那个时候是这样的。

一个周末，趁同事休息工厂没人，我陪妈妈去她的办公室收拾东西。自从退到二线以后，妈妈在这个办公室工作了5年。除了桌子里面一大堆的工作日记之外，妈妈还翻出了一厚叠的奖状，一张一张地翻着看。

这些奖状对我来说很熟悉，家还在火车站的时候，它们曾经贴满了一面墙。那时候几乎每年都会增加几张，有“劳动模范”、“三八红旗手”、“生产标兵”和“先进个人”等等。当时工资普遍不高，这些奖状就是最大的精神财富和工作动力。记得当年我靠在妈妈怀里，指着墙上一张张的奖状，问每一张奖状的来历，并向妈妈保证我以后会拿到更多的奖状，当时妈妈很开心。

我很怀念那个可以把荣誉毫无顾忌地挂在墙上的年代，荣誉是至高无上的。虽然当时物质生活很贫乏，但在高度统一的价值观表达方式上却是如此地张扬。今天，我虽工作时间不长，但也攒了一摞子大大小小的奖状证书，却深深地藏在抽屉底层。现在和我一样的人很多，其实内心深处也珍惜并认可这些荣誉，但还是不敢在复杂的价值评价体系面前肆意地表达。或许大家都高雅了，高雅到不知道什么东西值得去赞美。

那一年，马云辞去大学教师的岗位，开始创业。也是那一年，没有师傅管教的小秦因一次打架入狱，新老并罚，判了8年。

二十三　破碎的梦想

那两年对刑事案件判得比较严，老大也入狱了。

我知道这个消息的时候，事情已经过去了半年多，那个时候我正在两耳不闻窗外事地准备高考。

后来去大学报到的时候，杆儿送我到车站，在候车室里他说到了老大的事情。关于那个事的细节杆儿没有说，大概是因为有人举报，又在老大车上搜出一些白色粉末，据杆儿说老大是被设计的。后来经过他们几个的活动和不断地申诉，最后判了6年。

送我到站台上，杆儿觉得搞坏了气氛，半开玩笑地对我说，上次去探望老大，聊了很多。老大说了句："当一个人被平凡的生活感动时，就注定要走上一条不平凡的路。"杆儿觉得老大这句话说得很文艺，叫我翻译一下。

我觉得老大的地方口音太重，不好翻译。

在我离开那个城市以后，又发生了一些事情。

一天晚上，有个痞子在一家酒店里捣乱，刀把带了个小弟去维持治安。回来的时候，他们被一群人堵在路上，发生了血战，刀把被刺死。

据说对方被刀把刺倒了五六个，刀把自己中了20多刀，最后站不住了。他坐在路边，靠在绿化带的花池上，很努力地掏出了一包烟，但没能点上。对方剩下的十几个人，竟然没有一个敢上前去核实刀把的情况，最后以远观刀把不再移动作为任务完成的验收标准。走的时候，所有人都把口袋里的烟和火机丢在地上，忌讳。

那晚下着小雨，整个路面都被染成红色。

之后，老大的团队分裂了。曾经辉煌的疆土，又变成了每条街都有个大哥的状态。小飞和杆儿吵了一架，杆儿认为土地换和平为上，一切等老大出来再说。小飞坚决要马上报仇，然后带人离开了。

一个月后，在城市附近的一条高速公路旁边发现了小飞的尸体，据说是车祸。

杆儿在一次探望老大之后，宣布退出街头，不再留恋任何江湖恩怨。杆儿平时人缘好，功德分积得多，金盆洗手那天很多人来捧场，包括以前的对手。

老大在狱中变得更加沉默，除了杆儿偶尔探望之外，不见任何人。其实也没什么人去看他。

四年后，老大由于表现良好提前出狱。

之后不久，西部痞子一些首脑举行了个谈判或者会议什么的活动，地点选在一家废弃的厂房里。然后厂房就发生了爆炸，整个房顶都被掀翻了。

传说老大为了给刀把和小飞报仇，把雷管缠在身上带进了会场拉响；也有的说老大是从窗户外面把炸药丢了进去；还有的说老大那天根本就没有去。杆儿也不知道哪种说法是真的，反正他再也没见过老大。

从此之后，老大人间蒸发，再无音信。

二十四　外面的世界

年少时，我对一个人成熟标志的理解，就是远远地离开童年的家乡，走上独立的生活。

高考后填报了一些天涯海角的学校，但都失败了，最后服从分配，到了省内的一所本科学校。我带着点遗憾，只往北移动了几百公里，第一次离家过日子。

走进大学以后，我发现自己真正进入了文明社会。四年里从来没见过一次像样的打架，偶尔听说某某宿舍发生了点冲突，但都很安静地平息了。那个时候在学校里打架，代价是高昂的，甚至在球场上也看不到大规模战争，这有点让我不太相信自己的眼睛。

所以，我越来越热爱学校，感到了知识的力量和神奇。我坚信，书读得越多，离打架就越远。

那个时候，高校里已经没有了诗人，偶尔有些抱着吉他的学生弹唱着他们的看法和感受。大一的时候买过大四师兄的袜子和凉席，大四的时候也给新生们推销过随身听和收音机。我抄过作业逃过课，考试也经常作弊。说到考试作弊，我当时发明了很多方法，在毕业后多年还在那个学校里流传。最近在网上看到了一些高科技作弊技术，我才发现自己的那个时代已经过去了。那个年代去学校机房还要自己带鼠标，鼠标可以系在脖子上，当时有十几种系法，最好看的一种是蝴蝶结系法。

记得印象最深的一件事情是在大二的时候，半夜我被辅导员叫去开会，说是我们在南斯拉夫的大使馆被美国鬼子给炸了。当时的感觉是这书不用读了，要被集体征兵去打仗。结果是第二天一大早，我们排队上街喊口号，场面很大，整个学校的学生都被拉出去了。

整整走了一个上午，穿过大半个城市，在中心广场集合后，烧了一面小旗，又喊了一阵子口号。后来听说，走在队伍后面的人把路上的肯德基和麦当劳给砸了。那两家店子总是离得很近，所以离得近也有麻烦。回去的路上我们再也走不动了，早饭都没吃。拦了个的士，开车的是个大叔，不收我们钱。

在宿舍老四的指导下，申请了几个 QQ 号，那时还叫 OICQ，其中一个号码用到今天。当时努力模仿着《第一次亲密接触》里的情节，拼命地加好友。十几年过去了，自己的名字早就忘记用过多少个，但第一个好友的昵称到现在还记得。

大三那年用奖学金买了个汉显的传呼机，那是我的第一个电子通讯设备。凭着专业悟性，我断定这种改变人类即时通讯方式的伟大发明将被写进历史。结果等数字手机出现后，传呼机就真的进了历史博物馆，手机短信完全覆盖了传呼机的功能。比较怀念的是寻呼台的客服，女声非常甜美，当年宿舍那群躁动的兄弟们不停地写着动人的诗歌念给呼台客服小妹听，呼给谁没人关心，也许这就是漂流瓶的雏形。如果手机再晚出来几年，校园诗或许会有个伟大的复兴。

在大学里干的最牛逼的一件事是搞了一次院楼停电。那个时候和一个实验员老师混得熟，经常在实验室里做点事情。冬天很冷，我拣了个电热丝炉子自己修了修拿去用。这东西就是看起来像盘蚊香的那种，经常因接口处不耐高温而短路。换根保险丝不是难事，麻烦的是还要通知整层楼的其他实验室电脑存盘、关电源。因为那一层的电源是三相电，我的实验室用的是其中一相。当时还没有现在的空气开关，电源还是胶盖刀开关，上面一个闸刀，下面三根保险丝。这东西很简单，为了不打扰别人，后来我就试着带电换保险，前面几次很成功，最后一次大意了，尖嘴钳碰上了隔壁的保险丝。

一个蓝色火球闪过之后，我就没有记忆了。醒来的时候发现自己躺在楼道上，周围已经有了不少人，有个师姐还拿来了毛巾准备给我擦脸。进行完自检程序后，我站起来，向一个认识的同学核实自己看上去是否有故障，答案是："硬件没问题，软件不知道。"

半个小时后学校电工赶到，恢复了整栋大楼的供电，并把我教育了一番。

从此之后，我们实验员老师每次给低年级学生讲"用电安全"的时候，都把我叫过去。我替他上半节课，讲自己的故事。毕业多年以后，我还接到过那位老师的一个电话，他开玩笑说现在实验课要实行双语教学了，问我的故事能不能用英语讲。

那个时候我英语学得很烂，学校有个规定，拿不到英语四级证就没学位。那时全国英语大学生考试还是百分制，60 分拿证，考 59 分都没用。绝望之中我听取了一个师兄的建议，那就是考研。如果考上研究生，就可以绕开四级证。

所以，我考研究生是被逼的，结果英语压线。

第一志愿肯定没戏，我走上了服从命运安排的调剂之路。当年考研调剂还不像现在有个网上系统，那时全靠手工，一下子收到 3 个学校的面试通知。一个向北偏东 100 公里，一个向西偏南 800 公里，还有一个向南偏西 2 000 公里。

我当然选最远那个，远远地离开家乡，离开渐行渐远的青春。

二十五　青春向北　我却向南（上）

带着点流浪的喜悦，“9·11”那年我去了南方读研究生。我在那度过了三年时光，一切都是美好的，除了通过英语六级才给学位这个变态的新规定之外。

我一直相信自己是我们国家交英语等级考试报名费最多的人，四级7次，六级5次，最后一次功德分攒够，拿证走人。最后一次六级听力考试，我把收音机让给了身后一个哭鼻子的研究生。她的收音机坏了，偷工减料的学校监考人员竟没有备用的。其实我的听力成绩和收音机无关，历史经验还证明了在我考英语听力的时候概率论基本失效，幸运的是那年流行选C。

我的导师曾和我说过，英语不是一门科学，要像学语文一样地对待。这时才恍然大悟，但我又发现自己语文学得比英语还差。最崇拜我导师的地方，就是他语文比英语学得好，编程的时候变量名全是汉语拼音，众多弟子里面只有我看得懂。就凭这一点，导师最器重我。

那是个美丽的南方城市，难忘那里的夜晚和那里的雨。

刚开学的一个中午，下课后天气瞬间变暗，开始落下星星雨点。路上熙攘赶去食堂抢饭的人群瞬间消失，剩下几个带了“装备”的开始撑伞。我嘲笑这些没见过下雨的娘娘腔，冲上了通往食堂的路。我还没跑出几步，蚕豆大的雨点就密密地落下，几分钟之后连内裤都湿透了。

这时再跑回楼檐下显然没有风度，我决定“玉树临风”地散步去饭堂。路上我仰起脸，感受着硕大而柔和的雨滴，估算着这片雨云的高度不会超过头顶200米。在我到达饭堂门前20米的时候，大雨瞬间停止，太阳还出来了，人群又开始充满了每一个角落，像没有发生过任何事情一样。

像刚从河里捞出来一样的我坐在饭堂的一个角

落，呆呆地看着面前的快餐盘子，思索着刚才的那场雨。桌子对面递过来一包带香味的纸巾，牌子是“心相印”，然后这包纸巾 40% 左右的材料变成了我脸上的纸屑。

那顿饭吃得刻骨铭心，遇水不化的纸巾多年以后才在超市里看到。

大师兄介绍，晚自习去人文或经管学院的阶梯教室听课，经常有意外收获。我的收获是听完了“西方经济学”和“微观经济学”，并通过了课程测试。

在一次“计量经济学”课上，那个讲课的老师找学生问看法。我不幸被点中，我的看法是他的数学模型不科学。再被问为什么，我的回答是搞你们这一行的心态有问题，结果被请出了教室。

我把自己的观点报告给导师，叫他评理。

导师很开心，他发现我有很强的跨学科学习能力，结果派我去了本市的一个医科大学去帮他完成一个合作项目。这段时间里我早出晚归，坐公交车往返在两个学校之间。公交车每次都会路过一个跨江大桥，江边就是繁华的市中心。特别是傍晚坐车回自己学校的时候，华灯初上，我有点想家，也时常想起儿时的伙伴。

三个月后收工，我又学完了一本一寸厚的《口腔学》，顺便还在他们学校附属医院的口腔门诊学会了制作高级假牙。

后来只拿到一个工科学位证，我觉得有点亏。

不得不承认我的兴趣比较广泛，而我导师的兴趣也很广泛，所以他频繁地帮我换研究方向。

大师兄很同情我被导师一年之内换了 8 个研究方向，他说这世上最痛苦的事情莫过于此。大师兄曾经被换过 10 个方向，我很欣慰。但师兄说我还有时间和机会破他的纪录。

我终于鼓起勇气去找导师，向导师汇报了大师兄的看法。导师同意了他学生的观点，原本想给大师兄换第 11 个方向，结果在答辩前只换了他的论文题目。

大师兄对我很感激，说我是最仗义的师弟，他最喜欢我。这一点我是相信的，检测一个师兄弟对自己的忠诚度，有一个权威的方法。

从饭堂回实验楼路两边的树上长满了芒果。在路上人少的时候，我们会放下读书人的面子而拿起拖鞋，朝树上扔去，捡回来几个芒果做饭后甜点。往往一只鞋飞上去，不但芒果没有落下，那只拖鞋也没有落下。一个理性而务实的工科生，会坚定地把另一只鞋也飞上去，要么带回来它的搭档，要么也上树去陪芒果。

当我两只鞋都上树的时候，其他师弟的脸纷纷转向实验楼的方向，只有大师兄默默地脱鞋。

二十六　青春向北　我却向南（下）

研二那年遇到了“非典”，开始感觉像在看一部现实版《生化危机》般的大片，终于有一天被邀请去做了群众演员。

那天一大早，我们被通知到后操场开会。之后全校实行封闭隔离，活动范围只限在宿舍、饭堂和实验室。

我第一次感觉死神离我如此之近。

事情是这样的，另外学院的一个学生在这段时间内，按顺序走访了国内几个一线城市的重灾区，然后返回学校，成功地发烧了。学校马上启动了应急措施，把我们实验楼旁边的旧图书馆划成隔离区，拉上了蓝白的隔离带，省里直接派专业人员接管。那个学生交代有30多个她接触过的同学全都被送进了隔离区，有她认识的，也有她不认识的。

那些日子我每天趴在实验室的窗户上，看着穿着全封闭式防护服的医务人员进进出出，祈祷着自己的体温千万别升高。

我们每人发了一个体温计，每天早上要把体温报告单交给班长。有个没常识的师弟把自己体温填了个35 度，结果直接被请到医务室去体检。我们才知道这个数据不是越低越好。所以，我们准确地把自己所有的单子统一填成 37 度，每天早上交一张。还有个师弟大意，把 3 月 22 日的单子提前交了上去，也被拉进了医务室。其实很多人当时都超过这个温度，多半是被吓的。

当时的气氛低迷极了，感觉世界末日不远。

我终于无法继续忍受这种煎熬的日子。那天班长收齐报告单转身走出实验室的时候，我叫住了他，找回自己的那张单子，把 37 度改成了 39 度。班长惊愕地退后两步，然后一声不吭地走出了实验室。

消息爆炸式地传遍整个实验楼，关系好的同学纷纷戴着口罩来看我一眼，估计是怕我进了隔离区就再也回不来了；师兄找我要走饭卡和所有的试验数据，还有那些没有来得及报销的发票；师弟找我要走写了一半的学位论文电子稿，并答应以后发表论文也会挂我的名字。

其实，之前我已经了解过隔离区里面的生活。那里是单人单间，有热水澡和免费的美食，有宽带网络，有看不完的书籍，也有小说，有健身房，还可以到楼顶晒太阳。

反而隔离区外面倒像个大监狱，人们还饱尝着恐惧。

结果，隔离区不收我，被退了回来。

故事被传开了，实验大楼里又开始有了欢乐。厚厚的口罩背后，同学们又露出了笑脸，师兄又开始召集师弟们联网打 CS，我们这边的男生又开始往人文、外语和经管数学楼那边跑。

更大的欢喜是隔离区放人了。最早那个学生经确诊，不是“非”（非典型肺炎），而是“典”（典型肺炎），长了几斤肉之后也被放了出来。

从此，能够快速诊断的生物传感器成了以后一段时间里的国际研究热点，就连非接触式体温快速检测设备也跟着身价倍增。那年这种项目的申报书内容几乎可以不改，就直接在申请经费那里加零，上级部门还觉得支持力度不够而内疚。

开始很懊悔自己选错了专业，不过我们专业的机会马上就来了。

那年夏天，“8・14”北美大停电，媒体宣称这次事故造成的损失和恐慌不亚于“9・11”。而我们希望最好是“9・11”的100倍，这样的话我的导师和他的同事们可以拿到更多的科研经费。之后，有关电力系统稳定性分析的所有观点都是对的；之前没有对的，因为所有观点都不一样。

导师有钱了，送我一个16M的U盘做礼物。对于这个可以替代十几张软盘的小东西，惊呼人类智慧之结晶，我还找条带子把它挂在脖子上，就像小时候的家门钥匙一样。就在前不久，我的一个学生问什么是软驱，我纠结地告诉他，这是人类文明曲折的发展史上我们摸到的一块小石头。

那年，大师兄毕业留校。他把实验室电脑软驱全部卸掉，换上了一批二手硬盘，可以存好多电影。

大师兄平时很照顾师弟，一起吃夜宵的时候，从来不和我们抢肉吃，打CS的时候最后一个选装备，在路上也不和我们抢树上掉下的芒果。但只有一件事情大师兄从来不会发扬风格，那就是帮导师带本科生的毕业设计。

我的导师和蔼可亲，每到凤凰花开的季节，总会吸引很多本来就不多的女生投奔过来做毕业设计。他总是把本科师妹分给他的研究生带。大师兄这时总会横刀立马，其他师弟只能后面排队。那年有个本科的师妹不好好做设计，后来写了本专业之外的书，名字叫《逝去的青春》。

青春终将逝去，我们也终要毕业。

毕业那年夏天，我正穿着学位服在校园里四处照相留念，收到了杆儿的一条短信，他做爸爸了。

我把电话打了回去，那天蹲在荷花池旁边聊了很久。期间保安来来回回转了好几次。一年前也有个穿着学位服的哥们，在这个地方哭着鼻子听完远方女友的一个电话后，一头跳了下去。

这次哭鼻子的是电话那头的杆儿，我无法想象杆儿那猥琐的脸哭起来是什么样。

而我感受到初为人父的滋味，那是在六年之后了。

二十七　流浪的歌手

毕业后，我沿着北纬 23 度线，向东移动了几百公里，定居在这个沿海城市。这里有更高的楼、更宽的街和更多的人。像很多人一样，我为了生活而忙碌奔波。时间像一捧细沙，攒得越紧，它流逝得越快。转眼之间三十过五，耳边已多出几根白发，偶尔驻足回首，恍然发现自己站在了儿时眺望的那条铁道的尽头，而生活仍在继续，继续着它的平凡与平淡。我早已忘记当初远离家乡时的喜悦，以及喜悦的理由，取而代之的是偶尔泛起的无尽的牵挂和思念。

我喝完那杯橙汁，埋单走人。这时路上的车已经不再拥堵，华灯已上。

走过天河城，在前面的路口等交通灯，我习惯降下右边副驾驶的车窗，以便声音进入。

这个路口每到周末晚上，都会有流浪的歌手在此弹唱。我这次赶上的是一个女声在翻唱《那些花儿》。我顺着声音望去，只有熙攘流动的人群，而不见其人。但一定有个清澈的孩子，坐在嘈杂的人群中，拨动琴弦，轻声吟唱，像是对这个城市的赞美，或是自我倾诉。聆听也好，无视也罢，涌动的人流不会为此放慢脚步，当交通灯再次切换颜色的时候，我也将随着车流消失在前方。

但总有一些人，在擦肩而过的时候，默默地欣赏。

第二章

痞子日记（杆儿）

1985 年 9 月 2 日　星期一　晴

我第一天上学，很开心。老师说，要养成写日记的好习惯。可我不会写很多字，妈妈说可以帮我写。等我上二年级了，就自己写。妈妈真好。

1985 年 10 月 1 日　星期二　多云

今天是国庆节，妈妈说今天是祖国的生日，我今天很开心。

我最好的朋友是老大、刀把、小飞和壮壮。我们是邻居，也是一个小学的，老大三年级，我和刀把都是一年级，不在一个班。等小飞和壮壮上学的时候，希望他们也来我的小学，那时候，我们可以一起玩了。

1985 年 11 月 7 日　星期四　晴

今天好冷，妈妈说今天是立冬。

今天下午刀把和同学打架，扣子都打掉了。我去三年级找老大，老大帮刀把打架，老大说以后不许有人欺负我们。妈妈说打架不好，以后不许打架。

1986 年 1 月 25 日　星期六　晴

我们放寒假了，我真的好开心，不用上课，也不用写作业，还可以每天和老大他们一起玩。

今天家属院来了两个新邻居，一个叫八戒，一个叫哨儿。他们不是我们小学的，八戒的学校很远，他们也放假了。老大说我们都是邻居，都是好朋友。我好开心，我们的伙伴又多了，哨儿家里有很多玩具枪，我们一起玩打仗。

1986 年 2 月 9 日　春节

今天是春节。早上，我们家属院的邻居都很早起床，大家互相拜年，我们小朋友都穿了新衣服。老大带着我们给每一家邻居拜年，叔叔阿姨都会给我们糖吃，口袋都装满了。我们还点了好多的鞭炮，我在院里白菜堆上点炮，爸爸要打我，妈妈说今天过年，就不打我了。以后我不敢了。

1986 年 2 月 24 日　星期一　阴

又开学了，八戒要回姥姥家上学，只有周末才回来。我和老大都劝他转学到我们学校，他说姥姥不肯，他的小学离姥姥家很近。

1986 年 7 月 4 日　星期五　下雨

又要放暑假了，八戒和哨儿可以和我们每天一起玩，我好开心。老师布置了很多的作业，每天写日记，还有好几篇作文。我的暑假计划是白天跟着老大玩打仗，晚上写作业。

1986 年 9 月 1 日　星期一　晴

我已经二年级了，开始自己写日记，我会查字典。这样很好，可以写一些不想让妈妈知道的事情。她也早就懒得帮我写日记了。

老大读四年级了，在学校里很厉害，六年级的也不敢欺负他，我们跟着老大很威风。小飞和壮壮也上小学了，他们的教室在对面的楼上，我们下学一起回家。要是八戒和哨儿转学到这里就好了。

我以后不想写作业了，叫班上一个同学帮我写，我答应帮他不受欺负，老大可以保护我们。不过日记还是自己写，但不给别人看。

1987年8月8日 星期六 晴

今天老大又带着我们去水果摊上捣乱，太好玩了。一个卖水果的答应给我们一个大西瓜，叫我们去赶走对面的一家摊子。八戒说得对，他是想利用我们赶走同行。老大就是威武，他说这条街的西瓜全是我们的，哈哈。我们的邻居，娟子哥哥也在路边摆摊，但我们不去捣乱，娟子哥哥傻乎乎的，经常给我们茶叶蛋吃，这家伙也能挣钱？

1987年8月21日 星期五 多云

今天跟着老大在铁道上玩，出事了，壮壮跳火车摔断了胳膊。回到家属院以后，壮壮爸爸带他去了医院，我们都被家长收拾了，打的打，骂的骂。后来壮壮妈还找老大家吵架，估计老大挨打了。我觉得壮壮家不该找老大，老大又不是故意的，是壮壮自己不小心，还是老大把壮壮背回来的，壮壮只知道哭。晚上老大被推到大院里罚站，今晚估计是回不了家了，没事，我们在房顶上修了窝棚，要不是今天我也挨揍了就去陪老大。吃的东西由八戒去找，希望晚上不要下雨。

1988 年 8 月 11 日　星期四　阴

今天在包子铺门口干了一仗，堵了那帮家伙一个星期，终于给壮壮报仇了。这板砖太好使了，一砖拍倒一个，遇到拿长家伙的还可以飞砖砸倒。要不是老大喊停，我就让这帮家伙个个脑袋开花。刀把是个狠角色，平时笑呵呵的看不出来，动起手可真够狠。八戒实在是怂得很，平时显得有勇有谋，打起仗来呆呼呼的，摁一个在地上动都不动，都像他这样还叫打仗啊？老大叫我别乱说，第一次打架都会有点紧张。也是，我们这帮兄弟里面八戒学习最好，还经常拿三好学生奖，哈哈。看来以后不能只练摔跤了，打起架来棍子砖头满天飞，真刺激。

1988 年 9 月 16 日　星期五　晴

老大终于六年级了，我们可以在学校里称霸了，哈哈。今天放学后在学校里收了 50 多个玻璃球，200 多张画片，加起来可以卖三块钱。五年级有个小子不服气，还敢动手，被老大打得满操场跑，最后躲进女厕所，哈哈。我给老大说，我们以后直接收钱算了，老大说自己学校不要收钱，以后去别的学校收钱去。壮壮和小飞神气了，才三年级，几乎天天打架，出了事就去找老大。老大懒得管这些毛孩的事情，平时叫刀把去摆平。刀把打人上瘾，每次不打出点血不收手。上次挨打的那个孩子今天叫来了家长，刀把被叫到办公室，被罚站了一个下午，老师叫他把家长叫过来，否则不让上学。刀把估计又要挨他爸爸的揍了。我觉得老大应该管管壮壮和小飞了，早晚会闯大祸。

1988 年 12 月 29 日　星期四　阴

期末考试完了，这次可以风光一把了。考试时老师把我排在眼镜后面，还靠着窗户。哈哈，监考的老师只顾着聊天，我一字不差地把眼镜的卷子抄下来。作文我没抄，自己写的，以前也只写作文，其他都是白卷。眼镜是我们班的学习委员，每次考第一，平时替我写作业，我答应帮他在学校不受欺负。我一直在想，眼镜和八戒比考试谁厉害，可能是八戒厉害，他不戴眼镜，还敢跟着我们去打架，要是八戒带上眼镜不打架了，那他会更厉害。

1989 年 10 月 20 日　星期五　多云

自从老大上初中以后，我们还没在学校里打过架，现在六年级这届被老大他们压着，一直很老实。现在觉得自己最大了，放着好日子不过了，要出头了，傻了吧。下午壮壮跑去叫老大，老大带来了二十多个中学的混混把六年级给围了，从一班打到四班，哈哈，我也跟着踹上两脚。今天正式宣布本小学是五年级的天下，说白了还是老大的天下。都忘了问刀把为啥跟六年级的干上了。

1990 年 7 月 23 日　星期一　晴

老大简直就是个天才，没他干不成的事。我跟他说过，长途车司机惹不起，这钱收不来。老大不但收钱了，还没有敢不交的。看来这条街早晚是我们的了。八戒这个猪头军师技术活很在行，车上的机关没有不懂的，这学习好的就是聪明。我们几个学习是不行了，跟着老大混吧，估计哪天能混出个头来。

1991年5月18日　星期六　晴

今天学校开运动会，放假一天，上午看了壮壮的比赛，这小子跑得真快，100米和400米都拿了第一。下午哥几个没事了，就一起去老大的中学看看，离得不远，就隔两条街。到了初二楼上一下子就找到老大了，老大挺高兴，看他样子是想逃课了。刀把出了个主意，就差八戒人就齐，干脆到八戒的学校去玩。老大说太远不去，我们几个不干，非得叫老大带我们过去。老大答应了，带我们回家属院把刀也带上了，看来老大是有点怕路远了。老大封刀把为临时带刀护卫，一路上给我们讲什么强龙不压地头蛇的大道理，中学生懂得就是多。坐了几路公交车，边走边打听，找到了八戒的小学。远远地看到门口有几个混混，我建议老大为民除害，壮壮说别找麻烦，老大说麻烦会找上我们。我们打赌，一会儿走近了，那帮混混会先拿谁找茬，大家都押刀把，谁让他长着一张笑脸。刀把已经开始生气了，哈哈。果然没猜错，有个猴瘦的小子冲着刀把就来了，还没说完一句话，就被刀把摁到地上了，我们肚皮都快笑破了。老大强忍着笑，教育那帮混混，原来是一群孬种，吓得连屁都不敢放。八戒的这个学校不大，几个教学楼围着一个小操场，最里面就是八戒的教室。八戒很开心，他没想到我们会来学校找他。回来的路上我给八戒讲了刚才学校门口的事，八戒傻不拉几地说“连中学混混你们也敢惹”。好笑得很，要是放在火车站，这群混混的牙早被打掉了。

1991年9月9日　星期一　多云

今天在八戒家的旧房子里开了个会，只有老大、刀把、小飞和我，商量以后怎么统治这条街。我和刀把小学毕业了，以后不读了。刀把不回家了，准备在火车站附近找个地方住。我还在瞒着家里说在老大的中学继续读书，虽然晚上回家睡觉，估计也瞒不了多久，到时候再说吧，反正书是不读了。老大说等再过一年初中毕业也不读了，我和刀把都劝他干脆算了吧，还读个蛋啊。

老大说现在和以前不一样了，既然决定离家，就要自己养活自己。我们算了一下，靠着以前的小学和门口这条街的小摊小贩，也能吃饱肚子。老大说吃饱肚子还不够，我们还要风风光光的，我们要彻底统治这条街。说到这个时候，老大两眼充满泪花，哈哈，老大这个傻货。

会开了很久，在旧房子里我们想起了八戒，他虽然搬家了，周末还经常过来一起玩。老大说以后开会就别叫八戒了，他现在读的是重点中学，没准以后能考上大学，不是一条路的。其实我比较喜欢八戒，这个人有脑子，也讲义气。壮壮搬家后就转学了，虽然也回来过，但家里管得严，估计以后不会在一起了。哨儿就更别说了，平时像个女孩子，干事的时候只敢放个哨，搬家后连个电话都没留。

还是怀念大家在一起玩的日子。

1991 年 10 月 15 日　星期二　晴

这不用上学的日子真清闲，没事到处逛逛，收点小钱。

1991 年 12 月 1 日　星期日　多云

老大在学校和本年级的一个痞子打架，吃亏了，叫我和刀把过去报仇。人家找靠山都是找年纪大一点的，老大找自己的小弟，哈哈。老大说没事，再大的也怕不要命的。我们第一次去中学打架，把小飞也叫上壮胆。刀把手真快，捅了人家三刀，我只看到了一刀。

1991 年 12 月 20 日　星期五　阴

今天是个大日子，老大宣布退学，哈哈。还是因为上次刀把捅人的事情，学校让老大叫家长，老大说叫他个头，以后不上了。

老大说以后我们不能瞎逛了，要干点有用的事。不就是打架呗，打遍这条街，事业就做大了。小飞也吵着不读了，被老大教训了一顿，老大说小学毕业证也是个证，我们帮派至少得小学毕业。老大还说了个事，上次八戒回来，老大派八戒回去好好读书考大学，我们帮派的军师至少得是大学毕业，哈哈，笑死我了。

不让小飞退学是有道理的，现在我们收入很稳定，靠那个小学，我们几个基本上衣食无忧，但老大还要考虑长期发展，我们一起弄了个创业广告，叫小飞在学校里做代理。广告是这样的：

“代写作业，一个星期5块；代写寒暑假作业20块；替人出头，武力威胁一次5块，打哭10块，打流鼻血20块；保护费，包学期100块，包年150块。”

1992年4月8日　星期三　小雨

今天算不算平手啊，四个打八个。

我估计人家堵了我们很久了，看手上的家伙就知道人家是有准备的。我们几个没大事，刀把脸上被砍了一刀，去医院缝了十二针，再往上一点眼珠就没了。

我早就给老大说过，不要跑得太远，就靠着车站这片发展足够了。老大不听，说是要整个一条街，差一个路口都不是一条街。那TMD这条街以后变成了国道，还要打到北京去啊？疯子一个。

这么打下去，总有一天，人就打没了。

1992年11月5日　星期四　阴

今天喝得太多了。一群酒鬼，三大桌，20瓶。

老大万岁，万岁万岁万万岁，哈哈。我可喊老大万岁了啊，别说我不喊。

牛啊，说好了一条街，现在一横两纵，全是我们的了。

今天老大这分工有水平，绝对的水平。我是不再去砍人了，做个管家好啊，收收租子、放放贷，平时打个台球、玩个游戏，喝着小酒、泡个妹子。刀把喜欢打仗，那就去打仗吧，把能打的全给你带，打输不要紧，别打死就行，要不就没酒喝了。小飞平时最听话，老大留在了身边。我和刀把打赌，哪天老大叫小飞砍我，小飞一定眼都不眨。刀把说不会，小飞会哭着鼻子把我砍成两半。哈哈哈。

这管家也算军师吧，是不是抢了八戒的活，哈哈。八戒啊，要是哥几个都死了，你要给我们烧纸啊。

头痛，睡觉去了。

1993 年 7 月 23 日　星期五　晴

今天算是捡回来条命，真险啊，要不是锤子拉我一把，估计脑袋都被炸飞了。

老大召集人马算是一流的，可人多顶个屁用啊，看看人家的装备，炸药和雷管，猎枪还是双筒的。早就给他说人家开矿的不是吃素的，可老大只知道弄矿来钱，也不打听打听人家拿的都是啥家伙。两百来人被打得像群鸭子一样，真壮观啊。回来清点一下，少了十几个，不知道是跑散了，还是留下做鬼了。

锤子这哥们还算仗义，虽然是请来帮忙的，关键时候还真讲义气。听说他手下有四大金刚，管着一条街，这帮孩子给自己起个名也不怕遭雷劈，还四大金刚？八戒的学校就在那条街上，我向锤子问到八戒，他说没听说过，看来八戒是在好好学习了。我给锤子说那是我同父异母的兄弟，在他管的那片读书，以后罩着点，别让他被混混们骚扰，他以后要考大学的。哈哈，我跟八戒长得还真有点差距。

1993 年 10 月 24 日　星期日　晴

今天算是见识了锤子说的武林高手，果然是高手中的高高手，刀把被打得满地乱爬，都急眼了，还要再来场兵器决斗。哈哈，没看到人家小秦处处手下留情啊。这“以武会友”的鸟点子只有我这样的天才想得出。

离得远，以前还真没听说过小秦这号人，是锤子给我推荐了几次，一定要见见。人是不错，身手没得说，但不太合群，交个朋友算了，拉他入伙估计没门。

过几天准备去南城区看看，听说那边有群痞子挺能打，做痞子嘛，能打的就是人才。

1993 年 12 月 8 日　星期三　多云

这刚建立的外交关系就用上了，没想到八戒过来求助。有两年没见八戒了，现在戴着个大眼镜傻不拉几的，是不是书读多了人都变成这样？也是，八戒这些年除了吃饭、睡觉就是读书，哪像我们几个整天琢磨着整死别人的同时还不能被别人整死。还是读书好啊，要是当年八戒转学和我一个班，每次考试都能坐我前面，没准我现在也读重点高中了，也没准八戒现在也跟着老大去砍人了。都是命啊。

幸好八戒遇到的是我，换上刀把或小飞就完了，又是打呗。

1994 年 8 月 20 日　星期六　雨

现在宣布，西城区完成统一，老大威武。

我功不可没啊，刀把和小飞只管一路砍杀，我在后面谈判与赔钱，好在我管的这几条街经济繁荣，保护费收得足。老大还表扬这俩傻货出生入死、功劳最大，要不是我给他们收拾残局，早被砍成八百瓣了。算了，不说了，兄弟一场，啥人啥命。

铁道西边的归刀把，人少地荒，本来就不靠着他赚钱，作战部队嘛，不要扰民就行，老大英明；小飞带着一群弟兄跟老大住在总部的酒店；永涛管着车站南面几条街；骡子管着北边几条街；我管的是车站对面这几条街，不是冲着这里最有钱，从小在这长大的感情深，街上有几个垃圾桶我都一清二楚，交给别人不放心。再过几年，我要让大家看到一个经济繁荣、社会稳定的站前街区，大家都可以安居乐业，幸福地生活。

我可以做市长了，哈哈。

1994 年 11 月 27 日　星期日　阴

刚才有个小弟报告，老大晚上在老城区吃饭，车在下面没停好，玻璃被砸了。砸玻璃的这群傻 × 还不走，嚣张地让老大去叫人。现在这群孩子，TMD 不想活了也别选这种死法啊。现在可好，刀把、小飞和锤子的电话都不接了，不用想，今晚中心医院的急诊大厅要满员了，不知道医院的血库存量够不够。

从今年开始，我要号召手下兄弟们去义务献血，给你们这群屠夫积点德。

1995 年 5 月 19 日　星期五　多云

真的想骂娘了，半年多都过去了，砸了个汽车玻璃，人家光钱就赔了十几万，那个兄弟现在还在医院里躺着，还没完啊？

知道老大是看上人家的娱乐城了，隔着半个城市，就算夺过来能看得住吗？幕后是谁都不知道，老大真的是膨胀到以为自己天下无敌了。他不爱听我也得说，过两天再去找老大聊这个事。难道交个朋友，入个股，一起发财，比这么打打杀杀的差很多吗？不要以为把人家打趴下了就彻底征服了，不想当大哥就不会做痞子。心里不服，嘴上叫你老大的才是最危险的，老大到现在也不数数身边有多少这样的人。只有自己兄弟才会给你说这些不爱听的。

再看看老大身边这群痞子，简直是痞子中的痞子，吃喝嫖赌，惹是生非，没读过书也罢，但至少得有点理想吧。

不写了，差点忘了我也是个痞子了。

1995 年 7 月 13 日　星期四　晴

今天的谈判才算真正的谈判，至少我们穿的都是西装。从今往后，这个城市的海鲜干货只能进刀把铁道西边的仓库了，差价虽然不多，但量大。老大早就该听我的这个建议，安排这群游手好闲的痞子送送货、管管仓库什么的，总比让他们整天在路边喝酒打架好吧。再过个十年八年，我们还拎着砍刀在街头上收保护费，小痞子们怎么评价他们的前辈啊。

我都替老大规划好了，以后弄个公司，再把冷饮、建材什么的弄过来，就可以体面地发大财了。至少我觉得穿着西装和人家谈合同，比带着小弟去砸摊子满足多了。

总之吧，今天算是值得纪念的一天，我终于像个读过书的人一样，谈判中第一次用到了“请”和“谢谢”，这是多么美妙和难忘的经历。唯一不足之处，最后签字的时候，刀把用枪顶住了人家的脑袋。

可爱的刀把，我 TMD 真想亲死你。

1995 年 8 月 7 日　星期一　雨

小娟高中毕业了，没考上大学。按老大的意思，我安排她到一个酒店做收银员。

还在火车站老院的时候就觉得老大喜欢小娟，这么久了，老大真是专一。我也给老大说过，人家小娟是个好姑娘，老大你就别祸害人家了，那么多发廊妹哪个不能满足你。一提这事老大就翻脸，好吧，以后不说了。

1996 年 5 月 20 日　星期一　晴

今天又有几个兄弟进了局子，这么下去我也快了。

虽然上次严打的时候我们年纪还小，没留下经验，但我经常告诫他们做个痞子要低调，没人听，连老大也不重视我的建议，现在好了，抓的抓、跑的跑，看还能撑多久。

老大和小飞转移到铁道西了，明天我也换个地方去睡觉，这提心吊胆的日子真难熬。

所以说要赶快转型到正常生意上去，老大要是早听我的，没准现在已经是“优秀企业家”或者“十佳杰出青年”了。说这有啥用？本来就是一群痞子。

1997 年 2 月 21 日　星期五　元宵节

这一定是个阴谋，老大从来不把东西放在自己车上。放到电影里都是个俗套的情节，怎么会发生在老大身上？老大这次被带走，估计是出不来了。说实话，我现在有点乱，从来没有这么害怕过。虽然以前一直觉得自己比老大还英明，现在老大一进去，还真觉得要散摊子了。

现在最重要的事情就是赶快把老大弄出来。找路子、请律师，不就是钱嘛，好在还留了家底。

不知道小飞和刀把联系上没有，关键时候玩消失。

1997 年 3 月 26 日　星期三　晴

快一个月没写日记了，这段时间糟透了，没一个好消息，能做到的都做了，老大就等着判吧。

刀把还嚷嚷着清理门户，这还用清理吗？现在个个都回到了独立状态。老大不在，连我们三个的主意都不统一，更别说其他那些人了。小飞建议我代替老大主事，主个头啊，自己脑袋都快搬家了，还主事？看来帮派暂时分裂是阻止不了的了，干脆谁也不拦着，爱走就走，还留个人情，至少不变成仇人。就怕刀把和小飞想不通。

记得小的时候跟着老大玩打仗，那时多开心啊。要是老大不在，就由八戒带队，但打仗就是玩不成，再学老大的样子最后也是吵架。现在还不是一样，老大不在，谁都没得玩。

1997 年 4 月 11 日　星期五　阴

判了 6 年，人这辈子有几个 6 年啊。

老大转到监狱后，这是第一次去看他。兄弟几个都不说话，心里不是滋味。从小一起偷人家葡萄，直到后来打下这个城市的一个区，就像梦一场。

老大还是很乐观，说 6 年很快就会过去，就像已经过去的十几年一样，转眼即逝。

老大叫我和刀把、小飞也学着他们的样子，搞分家，我就继续管站前这 3 条街，另外 2 条街分给小飞，刀把还是铁道西那一片，平时别走得太近，各自为主，看看情况再说。

要不是老大亲自指示，刀把和小飞肯定不干，又会血拼到底，捍卫领土。

老大是对的，幕后黑手直到现在都没查出是谁，水还不知道有多深。把人留住，大不了以后从头再来。

1997 年 8 月 27 日　星期三　雨

这段日子真 TMD 沮丧，香港都回归了，我却不断地割地。骡子要走了北边的服装批发市场，东边的水果一条街也割给了别人。刀把和小飞要去打架，被我拦住了，只要车站不丢，我们肯定能东山再起，只需老大早点出来。

刀把没有了老大的管束，又向西扩展了 2 条街，现在又和矿区接壤了，真是让人不省心。

今天去车站送了八戒，这小子真的考上了大学。这是我认识的第一个大学生。八戒戴个眼镜，变得文质彬彬。说实话，我真的很高兴，就像这个大学生是自己培养出来的一样。

我给他说了老大的事情。八戒说，到了学校会给我写信。

1997 年 9 月 23 日　星期二　晴

真没想到小娟出事了。

下午酒楼刚开门，几个痞子来到了三楼收银台找事，估计是冲着小娟来的。几个流氓把小娟的衣服撕了，后面有扇窗户，小娟转身跳了下去。酒店的同事把她送到医院，现在还在抢救。老大还不知道这事。

据小娟同事讲，那几个痞子是这条街帝豪酒店那边的，大家都认识。不知道今天这是为了啥，小娟从来不和痞子接触。

一会儿我去医院看看小娟。

刀把已经叫小飞一起带人去血洗帝豪酒店了，我拦不住，给他们说这事没这么简单。老大和小娟的事情知道的人不多，肯定又有幕后指使。小飞一直都是听指挥，老大不在的这段时间里，我和刀把谁的声音大他就听谁的，这次我的声音没刀把大，这小子眼睛都红了。

这事还真不知道怎么给老大讲，打就打吧，也算对老大有个交代。

1997 年 10 月 4 日　星期六　小雨

刀把没了。

1997 年 11 月 11 日　星期二　晴

小飞也走了。你们都 TMD 滚吧，滚得远远的。

1998 年 1 月 21 日　星期三　阴

今天小年，我带了两条烟去看老大。把小娟的事情说了，她现在命是保住了，医生说以后站不起来了，能醒过来就算万幸。

我也把刀把和小飞的事情说了。

老大抱着脸沉默了很久，又聊了一些我们小时候的事情，最后嘱咐我两件事：一个是让我尽快退出街头，金盆洗手，把地盘全分出去；另一件事就是给小娟家里一些钱。

走的时候，我给老大说八戒去读大学了，老大终于露出了点笑。

1998年4月1日　星期三　晴

今天一定是个好日子，不做痞子的日子都是好日子。

本想只知会一下自己的兄弟们算了，没想到整个城区的痞子头头都来了，真TMD感动。

我的辞职演说稿是这样的：

“今天到场的都是我杆儿的兄弟，有替我挡过刀的和我替你挡过刀的，也有被我砍过的和砍过我的，感谢兄弟们陪我一路走过，这是我最大的荣幸。如果还有欠我人情觉得必须要还的，那就以后有钱了捐到希望小学；如果还有觉得我必须要还的债，现在我就把胳膊、腿还有条命摆到这，一会儿自行拿去；如果没有，那就干了这杯酒，以前恩怨一笔勾销，今后我杆子不再过问街头江湖。”

喝了这杯酒之后，我只喝橙汁，真担心喝多了，再醒过来的时候脑袋没了。还好，都是来捧场的。

1998年8月8日　星期六　多云

这提前退休的日子真无聊啊。整天无所事事，几乎生活在回忆里，偶尔去探望一下老大，还被拒绝接见，也不知道老大这段日子怎么过的。

一直想等八戒放暑假回来好好聊聊，现在看来这小子今年暑假是不回来了。今天早上脑袋一热，坐上了北上的火车，按八戒信上的地址去找他，看看这小子在学校里干啥。路上又想起了六年级的时候老大带我们去八戒的小学，记得那次也很远。

坐了 5 个小时的火车，下车后一路打听找到了那个大学，还挺顺利，一直找到了八戒的宿舍。本来想给八戒个惊喜，没想到同宿舍的同学说，八戒跟学校团委去西部山区参加社会实践去了，不知道多少天才回来。也没白去，八戒桌上有封信，打开看了看，还发现了一点小秘密。

那个城市不熟，又坐火车回来了，晚上才到家。

1999 年 12 月 31 日　星期五　晴

新的千年开始了，我的新生活也开始吧。

2000 年 6 月 6 日　星期二　阴

今天算个好日子，我的棋牌馆开张，欢迎大家光临啊。

2001年4月5日　星期四　小雨

早就计划好今天去接老大出狱，没想到没接到人，狱警说老大提前一天自己走了。我和以前的小弟都没联系了，也没老大的消息，不知道老大现在怎么过日子。

晚上去医院看了看小娟，想着没准能碰到老大。小娟妈妈说老大昨天来过，坐了一会，留下一笔钱就走了。

这几年小娟一直没有醒来，在医院里靠呼吸机活着，她妈妈的眼泪都哭干了。

小娟是个命苦的姑娘，以前在火车站大院的时候经常穿个花格子衬衣，扎个马尾辫，很文静，她和老大初中一个班，老大经常在学校借小娟的书或笔记本，说是补抄课上笔记，回到家属院后叫八戒去还，那个时候小娟的爸爸是个小干部，管她很严，老大从来不敢去敲门。小娟有个哥哥，小时候得过一场大病，之后人就有点傻了，胖胖的，整天笑呵呵地看着我们玩。老大命令我们不能取笑小娟的哥哥，那个时候我就知道老大喜欢小娟了。

后来小娟哥哥在火车站路边摆了个摊子，卖米粥和茶叶蛋。小娟放学后就去帮忙，但从来没见过他们父母帮过手。有一次哥哥回家拿煤球，小娟看摊子的时候被几个小混混抢走了收钱的箱子，她哭了一个晚上。老大带着我们在大院里默默地听着小娟爸爸骂着他们兄妹俩。第二天老大宣布今后要统治站前这条街，我们都很激动。

汽车站扩建的时候，家属院门口停了很多长途车。那些司机经常在小娟哥哥的摊子上吃饭，吃完了也不走，围着桌子打牌。最气愤的是这些司机经常对小娟动手动脚，小娟哥哥只会傻笑，也不知道护着妹妹。老大知道后，决定找个机会收这些长途车的保护费。有个司机扬言要把我们这群小子绑起来丢到河里，老大当着他的面，把车浇上汽油给点了。

说这些都是多少年前的事了。

2001 年 5 月 5 日　星期六　阴

今天有个以前的小弟跑过来慌里慌张地问有没有见到老大，我说自从老大出狱后就没见过，也没联系过。小弟透漏，前几天西边的厂房发生了爆炸，据说是老大约了一些人去谈事，一个都没跑出来。那个厂房以前是个倒闭的厂子，后来刀把改成了仓库放海鲜干货。刀把出事以后，铁道西又被几个痞子瓜分，再后来都不知道归谁管了。

我希望这事不是真的，我想有一天老大会突然出现在我面前说，“那事我也听说了”。

2001 年 8 月 21 日 星期一 小雨

八戒考上了研究生，今天我送他上了去南方的火车。

没给八戒说老大的事，他现在知道的是老大还有两年才出来，现在老大谁也不见。每次送八戒出远门，总弄得伤心又煽情的干啥？

下了站台，走出车站，来到站前广场，看到一群七八岁的孩子走过，望着他们的背影，我终于忍不住哭了鼻子。

2002 年 10 月 1 日 星期二 晴

今天我结婚了，哈哈。这场面怎么让我想起了四年前，那次是告别江湖，这次是告别单身。结婚我没喝酒，老婆抱怨这么大的日子也不破次例。其实她不懂，我喝酒后会变身，变成一个无恶不作的痞子。

2004 年 6 月 20 日　星期日　晴

老婆生了，是儿子。感谢上天，感谢大地，也感谢这两个地方的兄弟们。

我做爸爸了。

2007 年 6 月 20 日　星期三　阴

今天把股票全部清仓，以后不玩了，准备干点实在的事。有个股友问我，最近涨得不错，干嘛不玩了？我给他说，儿子过生日，想给他买个蛋糕，哈哈。

四千三百点，没准还能涨到八千点。不知道，知足这两个字没多少人能搞得懂。

2008 年 5 月 23 日　星期五　晴

给汶川捐了两万块。

2008 年 8 月 8 日　星期五　晴

我的第一个 4S 店今天开业，大家请鼓掌。除了开酒楼，我还是可以弄点高科技的事。

2012 年 1 月 13 日　星期五　晴

今天小张汇报，以前我看上的那片荒地买下来了，问我怎么规划。

先种点树算了，其实我也没想好，要不给刀把和小飞树块碑？也给老大弄一块。嘿嘿。

2012 年 4 月 6 日　星期五　小雨

今天高兴事真不少，儿子在年级作文比赛上拿了一等奖，晚上约了他的辅导老师吃饭，好好谢谢人家的培养。经常教育儿子，不要打架，要好好读书，向八戒叔叔学习，以后读到博士。

中午接到哨儿从上海打来的电话，说今年五一回来，有时间聚聚。这小子多少年没联系了，电话是他老妈从我老妈那要到的。正好酒楼搬迁准备在五一开张，一会给八戒打个电话，问他回不回来。

准备吃饭去了。

第三章

模范情书

信　一

杆儿：

八月来信收到，想不到洋洋洒洒的几页信纸是出自一个痞子的手笔。呵呵，看来你这么多年的日记没白写。

不好意思，忘了你已经不做痞子了。

听宿舍老四说过，暑假里宿舍来过一个人，那张似笑非笑的脸把他吓得要死。我猜到是你，不巧的是我去参加社会实践了。不做痞子了，以后你也多读点诗歌、散文什么的，把脸上的痞子相遮一遮。

既然我桌上的信你已经看过，那就不瞒你了，给你讲个故事吧。

初三那年，学校门口那条街换下水管道，整条街都挖开了，又连下了几场雨，泥泞得很。那天我坐公交车上学，步行走到离校门几百米的地方，看到一个穿高中校服的女生。她一个人走在便道的长台上，就是平时菜市场摆摊子的台子，长长地一直延伸到校门口，现在却像一个石板桥，下面全是泥水。我穿着雨靴蹚着水跟在她后面走，默默地欣赏这位师姐优雅的身材和步伐。她走到了“石板桥”的尽头，停了下来，望着台子下面的泥水。我从旁边超车，顺便扭头看了一眼这位师姐的面容。不可思议的事情出现了，她叫我扶一下她，好从台子上下来。我忐忑地走过去伸出手。她握住我的手，还是没有跳，我才发现她穿的是双凉鞋，还卷着裤口。她转身看看前后左右，问我能不能背她过去。这怎么能拒绝？我转过身，她轻轻地趴在我的背上。

这是我第一次背女孩子，脸都红了，不敢说一句话。

只记得每走一步都很小心，从这里到校门口大概三十米左右，我真的希望这条路没有尽头。

快到干净的路面时，她对我说：“前面有我的同学，要是有人问，就说你是我弟弟。”

我点点头，还是没敢说话。

就这样，走到校门口后，我的姐姐头都没回，向西校园跑去了。

从此以后，每次经过校门口，我都在人群中寻找一个穿米黄色校服的女生，希望再次邂逅。当年我们学校每个年级的校服都不同，我穿的是深蓝加白色的那种，读高中以后全校才统一了校服。

再次遇到我这位姐姐是在单车棚。那天走得晚，看到在我单车前面不远有几个高中的女生围着一辆单车，姐姐就在那里。她看到我后招呼我过去，帮她的同学修修单车，原来车链条掉了。

我好激动，终于又见到她了，还是没说一句话，蹲下就动手修车。

一个女生问她："你哪来的这么大的弟弟，好像初三的吧？"

姐姐小声说："失散多年的，也刚刚认识。"然后引来一阵羡慕声。

修好单车后，我站起来，接过递来的几张废纸擦着手上的油，也不敢看她一眼。姐姐道了声谢，和同学们一起走了。

然后我初中毕业，留在这个学校继续读高中。开学前到西校园报到的时候，楼下挂出了几张大红纸，我在高一（2）班的名单里找到了自己的名字。再抬头，看到了姐姐，她站在对面二楼的教室门口冲着我笑。她招了招手，走下楼，挤进人群，站在我身边。我给她指了指我的名字。

“看来我弟弟学习还不错啊，进了重点班，”她说，“不过（1）班好一点。”

“不是两个重点班吗？还分好坏？”这是我跟她说的第一句话。

“班主任不一样嘛。要不要姐姐给你调一下？”

我惊讶地看着面前这位姐姐，问：“现在还能调班吗？”我发现（1）班的名单里有更多我熟悉的名字。

她叫我跟着她去办公楼，让我在二楼的一个办公室门口等。几分钟后她走出来，说了句“搞定”，像以前一样，头也没回就走了。

这高一（1）班的班主任是她一个亲戚，一位教数学的特级教师，后来由于身体原因，班主任由物理老师接替了。三年后这个班级在高考中果然表现出众。

就这样我进了高一（1）班，我的教室在三楼，她的教室在对面二楼。我不敢去她们班找她，听说她们班的男生很有进攻性，就是上次我跟你说到的那个“英雄班级”，后来被锤子收拾了。

那个姐姐倒是来我的教室找过我几次，像以前一样，都是叫我帮她干活。

她升高三那年暑假，我们都在学校补课，她来找我，问我单车能不能带人。当然可以，课间我就把后座放书包的框子改装到右边去了。那两天她们年级参加全市的高中会考，我们学校和另外一个中学交换考场，那个中学很远，在城市的东北角。她不会骑单车，叫我用单车载她过去，还真把我当她弟弟用了。后来我问了老妈好几次，是不是生我之前弄丢过一个姐姐。那时候计划生育刚开始，想要男孩的多。结果我被老妈骂神经病。

我这姐姐是个左撇子，所以我后座那个框子改的方向不对。不过这样也好，她在后面坐不稳，紧紧地抓着我的衣服，靠着我的背。当了两天的司机，我也获得了一点信息，她真有个小她一岁多的弟弟。当时的政策不允许，父母把他弟弟送给山东老家的人，现在失散了。我是不敢再去找老妈核实自己是不是亲生的了。

我读高二以后，她找我更加频繁了，经常晚自习下课后找我顺路陪她回家。我也养成了下晚自习最后走的习惯。有时她坐我单车，有时我们步行。每次走到她家楼下的路口，她就不让我再往里送。据说她父母管得很严，不让她和男生交往，其实从她父母不给她学单车就能看出来。

后来她考到省内一个师范大学，走的时候给我留了很多高三的复习资料，最多的就是黄冈中学全真模拟考卷，这个遥远的中学出的考卷很是畅销。

我读高三以后，经常收到她的信，基本上都是鼓励我好好用功读书，争取考个好大学，以姐弟相称。在枯燥的高三生活中我唯一的乐趣就是往学校的收发室跑。

终于轮到我高考了，发挥不好，加上志愿报得有点问题，被调剂到她隔壁城市的一个本科学校。到了学校以后，我给她写了信，她回信说很高兴，要送我礼物。

读大学的第一个圣诞节，她坐了两个小时的火车，来到了我的学校。我记得她穿着一件白色羽绒服，带着个毛线帽子，站在我学校门口的时候，就像一个圣诞礼物。她拉着我的手，叫我带她认识一下校园，我们走过了教学楼、图书馆、食堂、院楼、小花园和操场，最后来到了我宿舍。她装模作样地帮我洗了枕巾和一个外套，又送了我一块手表，说是她做家教挣钱买的。我被扑面而来的幸福撞得一阵阵眩晕。幸福是有代价的，她走后的第二天，全年级的同学都知道我有个漂亮又贤惠的女友。以后每次参加以单身为主题的各种活动，很多女生都冲我翻白眼。

杆儿，是不是可以恭喜我了，也算是有女友了吧。可我总是摆脱不了姐弟关系的阴影，她更像我的亲姐姐，成熟、稳重，几乎把所有的事情安排得妥妥当当，就连吃饭点菜的时候，服务员都是把菜单直接递给她。我知道你要说这是高素质服务员的必备常识，可 TMD 埋单的时候服务员也不找我，这怎么解释？难道差一个年级竟有如此大的距离？我想不是。我要去查 DNA，没准她真是我的亲姐姐。

杆儿，这就是你在我宿舍看到的那封信的主人的故事。其实你不该拆我的信，这是受法律保护的，你不做痞子了，以后要特别注意守法。

离家之前，本来想去看望一下老大，但很多年不见了，特别是他现在的处境，真不知道见了面说啥，下次你代我问候一下，也替我向刀把和小飞他们带个好。你现在离开街头了，也没说过他们几个现在怎样，有机会劝劝他们，别再打打杀杀的了。如果有壮壮和哨儿的消息及时告诉我，自从搬家后一直没有联系。

就这样吧，一年多没回家了，想念家乡的朋友们。

有空就给我写信吧。

八　戒

1998 年 9 月 2 日

信 二

亲爱的弟弟：

来信收到了，记住啊，以后给我回信不能超过三天。

你们专业聚会的照片也收到了，没想到你们专业的女生比我们专业的男生还少，但长得比他们漂亮一些，姐姐放心了，你可以继续安心学习了。

上次从你学校回来以后，我就开始给你织一条围巾，深蓝色上点缀一些白色，就像你中学时的校服。你总说那个校服很难看，其实在我看来很帅气的，听说现在全校都统一成那一款了。只是母校的女生有点委屈，如果把头发剪短些，她们下晚自习走在路上会很安全。

不瞒你说，这条围巾拆了又织反复了三遍，姐姐我的动手能力你是知道的。真佩服我们宿舍二姐，我们一起买的毛线，现在人家男友的毛衣就差一条袖子了。不过我相信，还是能赶在寒假前织好的，到时候给你寄去，也没准会亲手套在你脖子上哦。

弟弟，你有没有想过到我的学校来看看姐姐啊，不过你最好不要来，姐姐学校里男生少得可怜，他们和我们女生用一个牌子的护肤品。我阳刚、帅气的弟弟要是出现在这里，姐姐会保护不住你的。

那块手表别舍不得带，姐姐没有花家里的钱。我们师范大学的学生做家教挣点钱很容易的，宿舍的几个姐妹都在外面做家教，特别是辅导高三的学生，课酬很高。我就是想让你每次看时间的时候，能想起姐姐，呵呵。

现在已经开始上专业课了，我们学数学的比较枯燥，老师们却把数学说得这样那样的美。看来要先向老师们学习语文，以后再用这些鬼话去骗自己的学生。你应该还在学基础课，高等数学哪里不懂赶快来问姐姐。你的英语实在是差得很，平时要注意积累，懒人是学不好这门课的。当然兴趣也很重要，要不以后我们用英语写信？算了，你要是天生对英语没感情，还会把我误伤到。

外面开始下雪了，我想应该和你看到的是同一场雪，不知道你现在在做什么？两个小时的路程也不是很远，但隔开我们，不能想见就见。

记得读中学时，那晚你送我回家，也在下雪。你穿着蓝白相间的校服，肩上落了一层雪花，路灯下分辨不出哪里是雪、哪里是白衣。

好了，我想去继续织围巾了。

你要好好学习，多锻炼身体，注意别感冒。

回信。

牵挂你的姐姐

1998 年 1 月 5 日

信　三

弟弟：

我又坐在宿舍的台灯下给你写信了，并享受着夜晚的宁静。大姐、二姐她们又去陪男友了，其他几个有的去逛街，有的去参加联谊活动。你在干吗呢？我猜，你一定是在想我了。而且这是必须的，否则，姐姐我写下的字便是咒语，当你看到后一个星期内会吃到食堂里有虫子的菜。

还有几个月我就要毕业了，难道你真的不来看一看我的学校？看一看我是怎样把青春撕成花瓣凋零满地的学校。或者给我一个拥抱，在熙熙攘攘的人群中，告诉她们，我心理和生理上都没问题。我也不是尖刻地去挑剔，只是把一个人关在了心里。即使在空无一人的操场也可以，当我白发苍苍的时候或许会回到这里，我会给你指着那个地方，而不是这扇昏黄的窗，对着一盏台灯诉说着孤独和思念。

你的信里总是说到未来，而我却总是怀念过去。从第一次见到你，直到后来的点点滴滴，我几乎可以建立一个数学模型。你输入任何一个时间，我便可以说出当时的心情，故事里面都是你。

读高一的那天，我走到了石板的尽头，望着下面深深的泥水，我真的不敢跳，即使当时旁边有位伯伯或婆婆，我也只能求助扶一下。但老天给我的是你，蓝白的风衣，高筒的雨靴，英俊又帅气。拉住你的手，我看到你脸红地低下了头，吃错药似的想逗逗你，叫你背我，你真的背了我。那是我长大后第一次搂住一个男人的肩膀，趴在你的背上，看到了你的脸红到耳根。其实我的脸比你的还红，所以你放下我后，我就跑开了，头都不敢回。多么希望那条泥路没有尽头！

以后每次放学走到校门口，我都在人群中找你，希望能看你一眼。

终于在下一届报到的人群中找到了你，你可知我当时有多开心？其实两个重点班没有区别，只是（1）

班的班主任是我表姨，我可以更好地照顾你，或者欺负你。

你读高一那年，学校门口街上的一个混混看上了我，经常到班上找我，我们班的男生很团结，驱赶了他，结果惹来社会上的混混和我们班男生打架。那段日子就像噩梦一样，我一直是好好读书，从不接近坏孩子的。现在搞得全校关注，当时连退学的想法都有了。可有一天，那个混混在路上截住我，提到你的名字，问我是不是你的女朋友。我想都没想，点点头就走开了。从那以后，再也没被骚扰过。后来听我班上的一个男生说，你很有背景，混混们不会骚扰你的女朋友。从那以后我就经常到你的班上找你。

这事我从来没给你说过，怕你觉得我狡猾又卑鄙。但我真的相信，你就是老天送我的礼物，这个礼物带着神奇的咒语，可以保护我不受妖怪的伤害。我想把你擦得一尘不染，搂在怀中，又害怕滑落或者失去。被咒语套住的还有我自己。三年多来，我接受着别人异样的眼光，苦苦地守候着一个不远不近但总是触不可及的你。我把这当做一种惩罚来安慰自己，但又不知自己错在哪里，那我上辈子一定欠了你很多，否则，老天太不公平了。

原谅姐姐吧，青春快落光了，开始喜欢啰嗦。

上个学期，我们去了西部一个山区中学实习，我第一次站上了讲台。你可能不相信宿命，但我真的看到了生命的轨迹。站在那里，我看到了我的将来和生活，没有任何的激动，但又是如此的真切。当地的镇长和管教育的官员还请我们吃饭，派车带我们去附近的景区和县城里转了转。他们的热情与人才交流会上的情景反差很大。现在省会很多单位已经把“不要女生”的牌子摆在桌前。

回来后，我专门了解了相关政策，其实毕业后去西部支教也很好，响应国家号召，待遇也可以。支教关键是很受当地的重视，这一点让我们这些未来的教师很在意。

弟弟，征求一下你的意见，我毕业后去西部山区做老师好不好？如果你答应我，毕业后会去大山里找我，那姐姐就真的去山区做老师了，呼吸新鲜的空气，远离城市的浮华，安安静静地度过余生。但你最好别答应我，如果一年后你反悔了，我会在那里痛苦地死去。

别笑我现在只谈这些现实又乏味的东西。曾经记得刚读大学时，我也谈过理想，就像你当初一样，可当你去过一次人才交流会之后，亲爱的弟弟，你就会改变对生活的看法。理想中的伟大，现实中的卑微，当你能用一个公式统一表达的时候，大学就毕业了。

表姨建议我回到母校中学教书，她和学校的领导很熟，可以帮忙打招呼。现在师范本科毕业能到我们城市里的一所重点中学教书，已经很难得了。所以，弟弟，我很有可能要回到最初认识你的地方等你了。我很怀念那里的一草一木，怀念那里的每一个角落。

知道你志比天高，渴望远方的征途，并且准备了考研。我只好支持你，也相信你会是一个顶天立地的男人，撑起一片天空。但是，弟弟，我用尽了自己所有的数学公式，还是没有画出你回到我身边的那条曲线。

那么就给姐姐一个承诺吧，我鼓起所有的勇气来等你一句话。如果你愿意，我会在那个你熟悉的地方继续等你，就像过去的四年一样。你最好尽快回信，我怕我受不了这种等待的煎熬；不过你也不要太匆忙回信，我希望是你认真考虑后的决定。

弟弟，我的思绪从没有像现在这么杂乱过。能让我安静下来的，就是回忆过去，你穿着深蓝的校服，向我伸出一只手。

就这样吧，信纸用尽了。读工科的你从来不知道信纸的颜色也可以代表心情，但今天的信纸是临时找来的，因为我的眼泪把前面几张打湿了。

今年的雪一直没有下，不知道她在等什么？也不知道当我站在这个校园里，站在最后一场雪中的时候，是什么样的心情？

祝你有个好心情。

姐 姐

2000 年 2 月 25 日

信　四

弟弟：

三十多天的等待，我几乎经历过了生老病死整个生命过程，本以为不再会给你写信，但又拿起了笔。

先说个好事吧，我终于和母校签约了，在高中部教数学。一起回母校教书的还有我们年级几个同学，都是我们城市的，只有一个教体育的男生是外地人。他是我们联谊宿舍的，本来有机会去北京工作，签约前问我有没有机会追到我，如果有，就跟我走。开始我就当是玩笑，能来我们母校教书也是件很赚的事情。可当他把我这四年的点点滴滴一一叙述的时候，我才知道，自己孤独的表演无意打动了另外一个观众。

结果是这样的，第三十三天的时候我答应了他，我再也没有勇气去拒绝这样的宽慰。

我想我经历了生命中最痛苦的挣扎，也许无法再有热情像对你一样去对待其他人，也不知如何偿还他烈火一样的追求。也许感情在付出的那一刻就注定了不需偿还，但生活还是给予了回报。

数学的美在于精准的逻辑，而生活总是充满没有逻辑的阴差阳错，这才有了我们的喜怒哀乐。

希望你在不久的将来，再遇到一个给你织围巾的人，好好地待她。

姐　姐

2000 年 4 月 1 日

信　五

哥儿们：

在南边还好吧？吃饭别挑三拣四的，人家吃啥你就吃啥，天气慢慢就会习惯的。

给你讲个笑话，那天送你上火车，回来的路上我哭鼻子了，哈哈。看到了一群孩子，和我们当初一样，还有个矮矬了的很像刀把。

知道你失恋了，信里说了一大堆，我给你理一下吧：

你先是觉得这场感情来得简简单单，还没搞清楚是不是恋爱了，就稀里糊涂地结束了。回过头来又想起人家的好，后悔没有好好珍惜。现在觉得心里愧欠了很多，又不知道找谁去偿还。

兄弟啊，让过来人给你点一点吧。就你这事写成书都没人看，世界这么大，几乎天天都在发生。我是不知道失恋是什么滋味，但听老大说过，难受起来胸口会胀痛，有时需要用手压住，才好受一些。不知道是真是假，供你参考了。

如果你真的希望人家过得好，就放下这段感情吧，别再去纠缠。生活不是拍电影，你以后就知道了，平平淡淡的才叫过日子。你们既然都有了各自的新生活，要我看来，你给人家写封信。首先表达你的感激之情，就说一辈子也不会忘记人家，这是应该的；然后再送上你的祝福，男人要大度一点；最后，你再透漏一下你也找了新女友，不管真假，这就算断了念头，以后都回到自己的世界里好好过日子吧。

都说一个男人至少会遇到两个女人，一个让你成人，一个让你成熟，但往往不是同一个人。你就先成熟再成人吧。

让自己冷静冷静，觉得理智恢复正常了，你再找个南方姑娘，这坎就会很快过去。

好了，等着你给我讲另外一个女孩的故事。

我申请了个电子邮箱wobushipizi@ 163. com，以后给我发 E-mail 吧。

杆　儿

2001 年 10 月 28 日

信　六

八戒：

近来可好？南方的天气和生活习惯了吧！

没有想到会收到我的信吧！其实我也没有想到会给你写信，以前我们读本科的时候交往不多，后来听说你去南方读研了，我们这些留本校读研的都很羡慕。早知道就少考几分也换个地方读读，都说读万卷书不如行万里路嘛。

我们毕业以后学校变化很大，估计你再回来都不认识学校了。我们搬到了动科学院以前的院子里，老院楼拆掉了，准备盖一座办公大楼。

长话短说，前不久在帮学院搬家的时候，我和几个师弟负责一楼的收发室。有个箱子里存了好多被退回的信件，有些已经很久了。这些信有的是地址不对，有的是查无此人，还有的没贴邮票。但这些退信只写了寄出的地址，没有写寄信人名字，所以没有及时被退到个人手上。这里面还有我自己的一封信，不搬家还真不知道被退回来了。

师弟们不太懂事，拆了很多信，我当时没有注意，其中就有你的一封。他们当时惊呼找到了情书模板，后来还复印流传，最后传到了我的手上，认出了你的名字。我找回了原稿，考虑再三，还是寄还给你。

以前只听说你有个师大的女友，原来你们如此情深义重。没想到当年你高数考到年级第一，就是为了找个拿得出手的问题去向她请教，呵呵。不多说了，我可只看了落款，没仔细看内容哦。不过在你离开之后，你的这封信真的是出名了，还被挂在学校的 BBS 上，被称作模范情书，当然名字隐掉了。我还是替师弟们向你道歉，你应该不会生他们的气吧。

最后提醒你，现在集邮爱好者很多，寄信最好不要粘漂亮的邮票。你可以直接把信投进校门口的邮筒里，减少中间环节，这样你的朋友才会收到你的信哦。

祝你学业有成，以后多联系。

你的老同学：小春

2002年6月14日

信　七

发件人："八戒"　<12987 * * @ qq. com >;

发送时间：2003 年 5 月 13 日 （星期二）23：15

收件人："杆儿"　<wobushipizi@ 163. com >;

主题：我是八戒

杆儿：

电子邮件的好处就是不用贴邮票。如果你有张喜欢的纪念票，一直当做书签，有一天写了封重要的信，并把这张邮票贴上做纪念，放在了学院收发室的寄信框子里，就可能会被喜欢这张邮票的同学或老大爷拿走收藏。那么这封信就会被邮局退回来，也许很久以后才知道。

估计你不知道我在说什么，大概意思还是电子邮件好。

你曾经建议我给以前的女友写封信，但我一直没有写，我怕我写不好。现在时间过去很久了，我想我可以平静地写封信了。就像你所说，提一提我现在遇到的另一个女孩。那就先讲给你听听，看看这个故事合适不？

这个女孩的故事要从一包纸巾说起。那时我刚来到这个南方城市不久，不熟悉这里的雨，一天下课后去食堂的路上被淋了个透湿。吃饭的时候，桌子对面坐下一个短发的女孩，递给我一包纸巾，我接过了纸巾擦脸上的雨水，结果纸屑沾得满脸都是。

那个短发女孩看着我笑。人的记忆很怪，我一直记着她那天的笑脸，眼睛笑弯成一条缝，露出两颗小虎牙。后来紧紧张张地聊了几句，女孩叫小兔子，学土木的二年级本科生，走的时候我要了她的电话号码和 QQ。

后来我在网上和小兔子聊了一段时间，便开始约她。按大师兄的说法，约一个女孩子三次，都没有被拒绝的话，说明已经成功了。我的成功之处还在于小兔子从来不会让我等她超过 5 分钟。我终于把我的恋爱教科书从第一页打开，学着其他人的样子去追求一个女孩子。我约她散步、逛公园、看电影、吃饭、自习、送礼物，晚上睡觉前给她发短信。我想这次不会错过任何一个细节。

我也算过来人，能感到小兔子对我的好感。也许是在刻意掩盖年龄上的差距，她故意在我面前表现出成熟的一面。一起在外面吃饭的时候，她经常主动点菜，并对服务员的不专业之处加以批评。

和她越来越熟，她的小脾气就藏不住了。估计在家也是个娇生惯养的，小兔子莫名其妙的脾气从不分场合。奇怪的是我从来没有被她的霸道惹得生气，反而更平静地看着她闹，除了年长的原因，还有积欠已久的赎罪感。

不过对付她的小脾气我还是有办法的，我会一把将她紧紧地抱住，直到她呼吸困难。不管是在人群拥挤的步行街，还是在空无一人的后操场，这一招很好使，她开始会挣扎，慢慢地没有力气以后，便会安静下来。然后我们就像什么事情都没有发生过。

当然，也有控制不住她的时候。有一次她带我去市中心吃本地特色菜，像往常一样，她很享受似的看着我吃，自己很少动筷子。

我对她说："多吃点吧，再胖点也好，现在看你有点像发育不良。"

结果她把筷子摔到我身上，转身走了。整个大厅的人都在看我。

我赶快跑到前台埋单，追出大门的时候，她已经打车回去了。

一路上我思量着那句话到底有多重，打她电话也不接。没办法，我自己回到了宿舍。

时间不久，有人拍门。原来是兔子上门找我，还换了个大 T 恤，一脸怒气未消。好在宿舍其他人都去实验室了，没人看我的难堪。

兔子进来后把门关上。我惊讶地看着她从 T 恤里鼓捣出来一个胸罩，摔在我脸上，叫我看看有没有加厚的海绵垫。我说没有，其实当时也不懂什么是海绵垫。兔子又给我一条软尺，叫我量量，再上网查查她的三围算不算发育不良。我当然赔笑，说不用量也是好身材，其实我真的没有关心过兔子的身材，她平时穿衣宽松，一张天真的笑脸就足够我迷恋的了。可兔子坚持要我量，那晚我才知道三围是怎么量的。

了解了小兔子的三围数据以后，我动了正常男人的一般邪念，跑去找大师兄，请教如何让认识不久的女孩放下武装。师兄很有经验，他建议我带女友去旅游，晚上回不来的那种远途旅游，心情好，疲惫，又出门在外，会有大把的机会。

所以，我开始不停地给兔子在 QQ 上传桂林山水的宣传图片，还有一些文人骚客的赞美诗文。兔子一直保持沉默，而我不停地搜，不停地发。终于她回了我一张桂林象鼻子山的照片，照片不算专业，还附了一句话："这是在我家阳台上拍的，如果你真的喜欢桂林，我爸妈欢迎你到家里做客。"

忘了她是桂林人。

我不好意思再提旅游的事情，反而是兔子主动向我提起："知道你心里的鬼主意，做到一件事情，就陪你去北海。"

我当时简直不相信自己的耳朵，一边检讨，一边乞求条件别太苛刻。

小兔子开出的条件是要我陪她上完这学期的几门选修课，并参加课程考查，每门成绩要考得比她好。那年她修了经济管理的双学位，那个学期有三门课。

我思量着这个条件还算公平，反正我和她都是学工科，考试我也算高手。

那个学期我动力十足地陪着兔子每晚去经管楼阶梯教室上大课，前面两门我成功过关。但一场春梦被最后那门《计量经济学》的变态老师给戳灭了。那个人带个小眼镜，一口龅牙，满脸猥琐。据说他的课上女生没有低于 80 分的，而男生没有一个超过 70 分的。上了几节课，我验证了这种说法。每次遇到女生回答问题，他满脸微笑；心情不好的时候会叫男生回答问题，不管对错，一顿奚落。那晚我被指中了，压抑许久的愤怒终于爆发了，我直言他们这帮搞经济的亵渎了数学的神圣。毫无疑问地我被赶出了教室。

虽然没有机会参加考试，但我却通过了小兔子的考核。她赞同我的观点，看来工科生还是有专业感情的。

正当我幻想着美妙的北海之旅时，一场突如其来的“非典”打乱了进程。小兔子在图书馆借了一本书，这本书的上一个借主就是我们学校第一个疑似病例的那个师姐。一本书，把两个互不相识的人一起送进了隔离区。

那段日子，兔子用互联网向我倾诉着她的恐惧、无助和绝望。

我决定进去陪她。

那天早上我报高了体温，并成功骗过了医务室，被带进隔离区做进一步检查。在抽血的时候，我看到了几天不见的兔子。我一时冲动，跑过去抱住了她，结果被医生察觉出了动机，又被赶出了隔离区。后来我想了想不是很合逻辑，一本书就可以被抓进去，一个拥抱却不算亲密接触，估计当时隔离区的床位不够了。还没等我再去找医生理论，隔离区就放人了。

我的小兔子也回来了。

兔子安静地对我说，如果以后她不再无理取闹，是不是可以嫁给我。那个时候，我也很认真地考虑了结婚的问题，自己年龄也不小了。但她的专业要读5年，所以，我虽然晚她一年到这个学校，却早她一年离开这里。等她毕业的时候，我还不知漂泊何处。

生活实在无常，曾几何时，不再敢有任何的祈求和奢望，只是虔诚地接受着生活的恩赐，包括所有的快乐和所有的痛苦。

我想你也会有同感，珍惜现在的生活吧，好好和嫂子过日子，祝你早日做爸爸。

信　八

发件人："八戒" <12987 * * @qq. com>；

发送时间：2006 年 1 月 28 日（星期六）22：45

收件人："杆儿" <wobushipizi@ 163. com>；

主题：新年快乐

杆儿：

近来还好吧！代我向嫂子和小侄子问好。

得知你事业蒸蒸日上，很为你高兴。一直觉得你是个很有才干的人，现在看来我眼光还可以哦。

这些年来，你对于老大他们几个的事情，就像你的爱情一样只字不提。知道你已退出街头，我也没有多问，但没想到是这样的结局。我们曾经一起走过的日子时常翻涌心头，就像是一场梦。很感激你一直鼓励我好好读书，否则我还不知现在漂落何处。生活的辛酸你经历得更多，我也尝试着从你的角度去看待生活，同感，平平淡淡过日子，也不枉此生。

上次给你提到的那个小兔子，毕业后考到了国外的一个学校读研究生，她姑妈在那里。我一直很支持她，经历告诉我多读书是个好事情，她年纪还小，出国深造肯定是对的。但我感到是时候和她分手了。其实这几年来，我一直没有走出第一次恋爱的阴影，带着愧欠和赎罪的心，却偿还给另一个人。当年相隔两个小时的路程，却留下无尽的遗憾，何况现在是大洋彼岸。我就像一台磨损的机器，燃料已尽，拿不出年少时的动力，跟随她而去，或者留她下来。这样的结果也算圆满吧，双方都有自己崭新的生活，没留下什么痛苦的回忆。

我采纳了你以前的建议，只是对象已换人。我给兔子写了封信，先表达了感激之情，我不会忘记那段日子，付出的感情我会铭记一生；再表示祝福，希望她找到新的归宿，并幸福地走完后半生；最后把我以前的一封退信附上一并寄去，算是扯了个谎，给分手找了个她能听得懂的理由：我还是忘不了前一段感情。那封退信我本想留作青春纪念，估计以后再也写不出这样的词句，但还是决定不留，也算是给自己一个了断。

杆儿，我想以后我们谈的内容将与爱情无关，即将步入而立之年，应以工作和事业为重，不奢惊天动地，只求勤勤恳恳而不会在多年以后懊悔碌碌无为。我会努力地做好单位交付的事情，不会挑剔辛苦与卑微，以回报生活将我从一个逊色的街头混混，送到了这么高雅的学校里。

放心，我会遇到未来的妻子，甚至可以想象得出她的音容笑貌。我们也会结婚生子，一起过完平凡而实在的生活。闲暇的时候我将会给她讲以前的故事，故事里你会是个正面角色。

就这样吧，春晚的小品快开始了，我去看电视了。

祝你新年快乐。

信　九

发件人："山谷百合" <10249＊＊@qq. com>；
发送时间：2012年12月21日（星期五）20：45
收件人："八戒" <12987＊＊@qq. com>；
主题：久违的信

弟弟：

又收到我的信感到很意外吧？我一个关系不错的同事，教语文的，自己在外面办了个班，辅导小学生作文。前不久有个孩子的家长请她吃饭，聊到了你，这个城市真小，呵呵。我从同事那里知道了你的联系方式。

在南方生活还习惯吧，现在离家够远的，你这次满足了吧。

三年前，我收到了一封海外来信，信写得不长，但我看出了主人的身份。一起寄过来的还有一封你写的信，写给我的。我看到的时候，已经迟到了九年。不想再给你描述我当时的表情，只叹造化弄人。

听说你的儿子三岁了，我的是女儿，比你的大一岁。如果他们见面，你儿子又要叫姐姐了，呵呵。

我们的学校在城市北边建了新校区，现在的学生都要住校，不像我们以前那样走读。校服和你当年穿的一样，这么多年都没变过。老校区已经荒废半年多了，前不久路过，进去转了一圈，操场长满了杂草，校园里一片凄凉。不知道你还有没有机会回来再看一眼，听说马上就要拆了，准备盖一个商业小区。顺便给你几张照片，留个纪念吧。

拆掉也罢，埋掉那段已经逝去的青春。

第四章

赞美诗

痞子战歌

我的兄弟
请站在我身旁
对面的人群已经拿起武器
但他们和我们一样的绝望
我的兄弟
请不要再紧张
对面的人群已经向我们走来
面目狰狞内心却充满恐慌
我的兄弟
让我们一起战斗吧
如果今天我死去
请你在这个熟悉的路口
明年为我上炷香

母亲河

母亲河
我的前世是你放生的一条小鱼
在你怀中度过无忧的一生
所以
我积欠了今生一世的流浪
你说男儿志在四方
你说孩子就像蒲公英一样
只要有风轻轻吹过
孩子就会飘向远方
还把这些写进了小学课本里
叫我背诵
而年少的我怎知思乡的惆怅
课文里却只字不提

秋天的母亲河
今天儿子回来了
又站在你身旁
如今高楼林立灯火辉煌
水泥方砖砌成的堤岸
钢筋做成的围栏
你说这也很好
整洁又大方
你说你看
孩子你都分不清河面上的倒影里
是星光还是灯光
其实不是因为风起涟漪
而是我的泪水
模糊了双眼

母亲河啊
你看
上游三十里
天空还是那么湛蓝

河水还是那么清澈
有个孩子挽起裤管光着脚丫
站在石板小桥上喊着妈妈
你说孩子啊
河水不倒流
我只有朝着大海的方向
去看一看你曾经折的纸船
现在漂泊在何方

西部大哥

对方的人越聚越多
开始嘲讽
大哥默默地低着头
抚摸着手背上的刀疤

对方声音越来越大
开始咒骂
大哥默默地点上一支烟

对方举起了武器
大哥默默地转身离开
留下一个战场

对方开始求饶
大哥默默地低着头
抚摸着手背上的刀疤

对方苦苦哀求
大哥默默地点上一支烟

对方开始哭泣
大哥默默地转身离开
留下一个刑场

三百六十八个纸飞机

你没有学着她们的样子
毕业时把复习题飘落整个校园
而是把它交到我手里
并叮嘱我要好好复习
我也没有学着他们的样子
毕业时把复习题撕碎一地
而是孤独地站在三楼教室前
把每一页折成一个纸飞机
一个一个抛向对面的教室
许愿
只要有一个能落在你的窗口前
我就去鼓足勇气说爱你
第二页单项选择题

转弯飞向了校门口
在那里
我第一次遇见你
第六十八页简答题
落在了楼下的杨树边
在那里
曾经挂着几张红色海报纸
人群中给你指了我的名字
第一百零九页计算题
跌跌撞撞地落在了一楼走廊上
以前每个晚自习
都是在那里等你一起回家
第二百八十七页
终于折出了一个符合空气动力学的飞机
却远远地飞向后操场
体育课上你总是梳起马尾
手腕上系条白色毛巾
第三百六十五页
这个数字其实也很美
但厚厚的复习题册已所剩无几

才知道看似机会充足的事情

加上愿望后就变得很不容易

最后三页纸

一页写着作者的祝福

一页写着很多鼓励

那就附上点意义让它们代表我和你

结果折成的两个纸飞机

却各奔东西

还有一页封底

那就是我们的青春吧

它随风飘去

毕业了

还没来得及说声我爱你

为何而战

还没有问一句贵姓
砖头、木棒、酒瓶和刀
狰狞与愤怒掩饰了恐惧
咒骂、咆哮、呐喊和痛苦的嚎叫
铁链砸向对方头颅的时候我思考了人生
但被一只木棍重重地劈在肩上
还好不是刀
但一样的痛
划破夜空的不只是流星
还有砖头、木棒、酒瓶和刀
但你仍然可以许愿
选择痛苦地活着或痛快地死去
多年以后或许有人会问

那晚你们为何而战

只有失败者才会思考这个痛苦的问题

胜利者只带走他的胜利

毕业前的最后一场雪

也许
这是毕业前的最后一场雪
终于
我来到了你的城市
孤独地走进了你的校园
冬季的校园被雪覆盖
我痛苦地寻找着你信中描写的痕迹
行政楼前已挂起“欢度春节”
教学楼和饭堂大门紧锁
路上偶尔几个行人匆匆而过
没有路牌
我找到了西区 8 栋
站在楼下

祈求上天
给我指一指到底是哪一扇窗
那扇昏黄的窗
背后有盏哭泣的台灯
读过我的一封封长信
走到信中提到的操场
我站在空无一人的中央
张开忏悔的双臂
幻想拥抱一个早已离开的你
远方的天空绽放了一朵烟花
绚丽的颜色终于刺痛了双眼
就在这个冬夜
我来到了你的校园
天空飘起了雪
也许这是毕业前的最后一场雪